# 死にたがりの吸血鬼《ヴァンパイア》

Kano Naruse
成瀬かの

CHOCOLAT BUNKO

ILLUSTRATION 街子マドカ

CONTENTS

時は満ちた。

闇の中、目覚めた死人《しびと》は、ほうと満ち足りた吐息を漏らす。

広がった目にしみるような腐臭《ふしゅう》に、無遠慮に躯《からだ》の上をうろついていたネズミたちが逃げ出した。起きあがろうとすると枯れ木のように堅くなった腱《けん》が大きく軋《きし》み、死人はくつくつと笑い声を上げる。

さて、連綿《れんめん》と続く復讐劇《ふくしゅうげき》の再開だ。

今度こそ、あやつの息の根を止める。

随分と長いこと眠っていたというのに、憎悪《ぞうお》はいささかも衰《おとろ》えてはいないようだった。

ゆっくりと起きあがると、死人は外を目指し、移動を始める。

〇、三年後

「帆高《ほたか》。リオン様にくれぐれもよろしくね。いつでもいらしてくださいと伝えてちょうだい」

あの人の来訪を乞《こ》う母の目はいつも熱っぽい。

「ん」

お決まりの見送りにおざなりな返事をし、花崎《はなさき》帆高は家を出る。

都心からも近い高級住宅街。美しく整えられた家々の間を歩いていると、明らかに他とは趣《おもむき》が違う荒廃《こうはい》した風景が忽然《こつぜん》と現れる。

重厚な造りの門は崩れかけ役目をなしていない。元は美しかったのだろう庭には鬱蒼《うっそう》と木が生い茂り、昼なお暗い陰を落としている。そして、落ち葉に半ば隠れた飛び石を渡った先にある屋敷は朽《く》ちかけていた。

濃い滅《ほろ》びの気配。

その家は昔から幽霊屋敷と呼ばれていた。

だが春になると、この庭にも花が咲くのを帆高は知っている。

「お邪魔しまーす」

夜も遅い時間、帆高は誰にも見られていないのを確認して門をくぐった。ほとんど真っ暗闇の中を進み、隠された屋根裏部屋へと上がる。手探りで玩具《おもちゃ》のようなランタンを探し出してスイッチを入れると、オレンジがかった光に部屋の中の様子がぼんやりと浮かび上がった。鎧戸《よろいど》の閉まった出窓にちょこんと座っていた小さな黒猫がなあんと細い鳴き声を上げる。

帆高は壁に据えられたベッドに近づき、床に座りこんだ。頬杖《ほおづえ》を突き静かに見つめる先では美しい男が毛布にくるまり眠っている。

リオン。

ランタンの光に照らし出される髪は金。睫毛《まつげ》も金で、光の粒をまぶしたようだ。

まるで眠り姫だと帆高は思う。

この人を見るたび、帆高の心臓は締めつけられるような痛みを覚える。誰より強いのに、どこか危《あや》うい空気を纏《まと》っているからだろうか。

そんな事を考えつつ寝顔を眺めていると、ベッドがぎしりと軋んで寝入っていると思っていたリオンが背を向けた。

「……うるさい」

どうやら狸寝入りを決め込んでいたらしい。それなら遠慮はいらないと、帆高はベッドの縁に尻を乗せた。リオンを跨《また》ぐように手を突いて顔を覗きこむ。

「僕はまだ、何も言ってないんだけど」

「いいから帰れ」

にべもないリオンに構わず帆高はトートバックの中身を広げた。

「今日はね、サンドイッチを持ってきたんだ。ここの食パン、一斤《きん》五百円もするんだって！　もちもちしてて、生地に自然な甘みがあって、そのまま齧《かじ》ってもすごくおいしいんだ。挟んであるパテも厚くて香辛料《こうしんりょう》が効いてる。それからピクルスでしょ？　食後の紅茶用にお湯とティーバッグも持ってきたしー」

「何度も言っているだろう。そういうものを持ってくるな」

素っ気ない言葉がつきつきと胸を刺す。でも帆高はそんなことはおくびにも出さず、陽気に図々《ずうずう》しく先を続ける。

「あっ、あと、コーンスープ！　濃厚で、飲むとすごく躯があたたまるんだ」

魔法瓶《まほうびん》の蓋《ふた》を開けるとたまらない匂いが広がり、それまで沈黙を守っていたリオンの腹が物欲しげな音を漏らした。

帆高はくふふとほくそ笑む。

「デザートにザッハトルテっていうのも買ってきたんだよ。一緒に食べよ、リオン」

スイッチが入ってしまえば、こちらの勝ちだ。

たまご色の毛布がシーツの上に滑り落ちる。ようやく帆高を映したリオンの瞳は狂おしいほどの飢えを湛《たた》えていた。しなやかな筋肉を纏った腕が伸びてきたので、帆高はまずコーンスープの入った魔法瓶を渡す。

「熱いから気をつけて？」

細い指で甲斐甲斐《かいがい》しくサンドイッチの包みを開けながら、帆高はこっそり小さな溜息をついた。

十二歳の時にこの人と出会った。

それから三年間、時間さえあればここに通い詰め、様々な食べ物を差し入れてきたというのに、リオンはにこりともしてくれない。

ああ、でも、出会った当初からリオンは帆高に冷たかった。

もう随分と前のことをふと思い出し、帆高は色の淡い瞳を細めた。

# 一、一日目

鬱陶《うっとう》しい雨が降っている。

「帆高。あなたみたいに小さいのがうろちょろしてると引っ越し作業の邪魔になるわ。散歩にでも行ってきてちょうだい」

いつものようにエレガントなワンピースで身を包んだ母に雨具を手渡され、帆高ははいお母さんと『いい子のお返事』をした。

きっと自分がいてはやりにくいことをするつもりなのだ。察してしまったものの、帆高はいそいそと出かける準備をする。

ポケットにスマホと財布。ポンチョ型のレインコートに、揃いのレインブーツ。

たっぷりと襞《ひだ》を取ってあるレインコートのシルエットはまるでテルテルボウズみたい。足首までの丈のレインブーツに足を入れれば、膝上丈のズボンの裾《すそ》から臑《すね》まですんなりとしたラインが露わになる。

——あざとい……。

可愛いよりかっこいいを目指したい帆高の趣味には合わないけれど、母が買ってくれたものに否《いな》やは唱えられなかった。

帆高には両親がいない。

パパもママも、帆高が六歳の時に交通事故で天に召《め》された。

一人取り残された帆高がちっとも泣こうとしなかったので、大人たちはまだ両親の死を理解できないのだろうと、さも憐《あわ》れむような顔をして馬鹿にしたけれど、違う。帆高は知っていただけだ。死んでしまったならもういくら会いたいと泣きわめいても無駄だっていうことを。

別に保護者などいらないと思ったけれど、引き取り手のいなかった帆高は施設に連れてゆかれた。そこで暮らした四年の間、帆高は極力《きょくりょく》両親のことを思い出さないようにして過ごした。

だって食事のたびにママの作ってくれた味噌汁の方がおいしかったなんて思っていたら、作ってくれた人に失礼だ。それに、パパとママのことを思い出すと、急に鼻の奥がつんと痛くなって頭の中が真っ白になったりする。それが帆高は厭《いや》だった。

赤ん坊のように泣いたって何にもならない。施設の職員は仕事で帆高たちの世話をしているだけ。甘えてめそめそ泣いていたら迷惑だ。

十歳の時に、帆高は施設を出て、現在の両親に引き取られた。

新しい『両親』は、かつての両親よりずっと裕福で奔放《ほんぽう》だった。

「さて、どこに行こうかな」

玄関に置いてあった古くて大きな蝙蝠傘《こうもりがさ》をぽんと広げ、帆高はトラックが横づけされた玄関を出る。

空は厚く垂れこめた雲に覆《おお》われ、夕方のように暗かった。閑静な住宅地は気味が悪いほど人気《ひとけ》がない。町はせせこましい建て売り住宅に切り刻まれつつあるらしく、立派な屋敷の間を埋めるように真新しい建物が密集している。

蝙蝠傘の陰で小さな手には大きすぎるスマホを操作して地図を眺めていた帆高は公園を発見し、軽い気持ちで足を向けた。公園を抜けたところには図書館がある。雨の中、引っ越し作業が終わるまで時間を潰すのにちょうどいい。

公園はもともとは丘だったらしい。緑豊かで、あちこちに桜が咲いていた。遊歩道が木々の間を縫うように走っているけれど、水溜りができていて滑りやすい。

とりわけ見事な桜の木を見つけて緩やかな崖の下方を覗きこんだ時だった。誰かに背中を押された。

「うわわ……っ!?」

つんのめった躯が宙に浮き、視界が後ろに流れてゆく。蝙蝠傘が手の中から消え、黒い地面に張りついた桜の花びらが異様にはっきりと見えた。

落下しながら帆高は考える。一体誰が背中を押したんだろう。

公園には誰もいなかった。勢いを増した雨のせいでちらほらいたジョガーたちも姿を消してしまい、人っ子一人いない雨の公園ってちょっと怖いなと思っていたところだったのだ。

小さな躯はころころと斜面を転げ落ちた末、何かにぶつかって止まった。

何か——何に?

頭を庇《かば》っていた両腕をそろそろと解いてみた帆高はぽかんと口を開けた。帆高を止めてくれたのは、甘い香りを放つ沈丁花《じんちょうげ》の茂みだった。その向こうにはブロック塀が聳《そび》え立っている。更に向こうには民家が見えた。

——変だ。

先刻見下ろした斜面の下には、数本の桜の木があった。その下は更に一段下がっていて、草原《くさはら》に繋《つな》がっていた。こんな沈丁花やブロック塀などなかったのに。

恐る恐る上半身を起こし見回してみて、帆高は目を大きく見開く。

公園じゃない。

帆高がいるのは廃屋《はいおく》を擁《よう》する庭だった。雨のせいでただでさえ暗いのに、鬱蒼と生い茂っている庭木のせいで、ここだけ夜のようだ。

朽ちてあちこち欠けた縁側《えんがわ》には男が一人座っている。

「……イケメンだあ……」

帆高は落ち葉の降り積もった地面にぺたりと座りこみ、まじまじと男と見合った。ぴりぴりとした空気を纏いこちらを睨みつけている男は、日本人ではなかった。膚《はだ》は白磁《はくじ》。フードで半ば隠された髪は金色。鼻の下まで届きそうな長い前髪の隙間から覗く瞳は薄い青だ。

肩の上に、小柄な黒猫が一匹乗っている。寒いのかきっちりボタンの締められたカーキ色の上着はアーミー調でかっこいい。でも、足の間に抱えられたものを見た帆高は一気に残念な気持ちになってしまった。

――アレ、よくお土産屋《みやげ》さんで売っている模造刀《もぞうとう》、だよね……。外国人って好きだよね、ああいうの。

「あのう、こんにちは」

言葉が通じるか不安に思いながらも話しかけてみると、幸いなことに流暢《りゅうちょう》な日本語が返ってきた。

「何だおまえは。どこから入ってきた」

やけに攻撃的だ。

それむしろ僕の方が教えて欲しいんだけどと思いつつ立ち上がろうとして、帆高は再び膝を突く。

「痛……っ」

左足が変だ。

なんかジンジンすると思っていたが、レインブーツがきつい。転落した時にひねったのか、踝《くるぶし》から足の甲にかけて腫《は》れ始めている。気がついた途端に襲ってきた痛みに、帆高はへにゃりと眉尻を下げた。

面倒臭そうな溜息をついた男が大儀《たいぎ》そうに立ち上がる。黒猫が肩から飛び降り縁側の下へと消えた。

「雨だっていうのに、どこまで馬鹿なんだおまえらは」

「……なんであなたにそんなこと言われなきゃなんないわけ?」

いきなりの不当なそしりにぷんすこ怒る帆高を、男は冷たく見下ろす。

「どうせ肝試《きもだめ》しに来たんだろう?」

「……なんのこと?」

突っこんで聞こうとしたもののいきなりベルトを掴んで持ち上げられ、帆高は悲鳴を上げた。

「わああ、何すんだっ」

「暴れるな」

「暴れるに決まってる!　僕は荷物じゃない!」

じたばたと暴れてるのに意に介さず、男はごついブーツで落ち葉を踏みしめ帆高を縁側へと運んだ。レインブーツから足が引っこ抜かれ、どこを怪我《けが》しているのか乱暴に検分される。足首を捻挫《ねんざ》したらしいとわかると、男らしい骨っぽい手が、手ぬぐいを裂いて患部《かんぶ》を縛り圧迫した。

「いい痛いいい」

「これに懲《こ》りたら二度と来るな。さっさと帰れ」

「帰れって言われても、ここ、どこ？　まさか公園の中じゃないよね」

ブロック塀で囲われているし、茂みの向こうに隣家が見えている。どう見ても住宅街のただ中だ。

「公園？　何の話だ」

人の家に侵入しようとしただなんて誤解されたままではいたくない。帆高は一生懸命説明した。

「僕、公園にいたんだ。誰かに突き飛ばされて小さな崖みたいなところを転がり落ちたと思うのに、どうしてこんなところにいるんだろう」

知るかと言われるかと思ったのだけれど、男の纏う空気がぴんと張りつめたものと化した。

帆高を射抜く鋭い双眸《そうぼう》は、殺気さえ孕《はら》んでいるようだ。

「自分でここに来たのではないのか」

「だってここ、公園じゃないよね？」

男が立ち上がった。またベルトが掴まれる。

「帰れ」

荷物のようにぶら下げられ崩れかけた門まで行くと、帆高は外に放り出された。

「え、わあ……っ」

「信じられない、何すんだよ！　ほら見て、また血が出た！」

尻餅をついたまま、帆高は傷ついた掌《てのひら》を男に向かって突き出す。

「囀《さえず》るな。おまえと拘《かか》わる気はない。次来たら摘《つま》み出す。二度と来るんじゃないぞ」

自分の意思で来たのではないと言ったのに、忌々《いまいま》しげに吐き捨てられ、帆高は怒った。

「頼まれたって来ないし！　もー、頭来た！　金髪の変質者に変なことされそうになったって言いふらしてやる！　後悔したって遅いんだから！　ばーかばーかばーかっ！」

男が踵《きびす》を返す。帆高のわめく声など聞こえないかのように、庭の方へと戻ってゆく。

男の姿が見えなくなっても、帆高は雨に打たれたまま座りこんでいた。

「……何だって言うんだよ、もおお……」

レインブーツの片方をもそもそと足から抜いて振ると、紛れこんだ小石がぽろりと落ちる。元通り靴を履《は》こうと膝を抱えて、帆高は泥で汚れた髪や顔にしとしとと降り注いでいた雨が止んでいるのに気がついた。

見上げると、金髪の男が帆高の上に傘を差しかけている。

「大丈夫?」

今度の外国人も、流暢な日本語を話した。さっきの男より幾分色の濃い金髪を後ろで一つに結わえている。少し年長なのだろう、穏やかそうな顔立ちにクラシカルな三揃《みつぞろ》えがよく似合っていた。どこか浮き世離れしたふわふわした雰囲気に、帆高は眉を寄せる。

「おじさん……誰……?」

男は哀しそうな顔をした。

「おじさんではなく、おにいさんと呼んで欲しいなあ」

帆高はレインブーツの踵《かかと》をとんとん地面に打ちつける。

「じゃあ、なーに、おにーさん」

望み通りおにーさんと呼ばれた男が目元を緩めた。

「はい、これ。君の傘だろう?」

「……あ……」

差しかけられていたのは、なくしたと思っていた蝙蝠傘だった。

親切にしてくれようとしただけなのに不審者扱いしてしまったことに気がつき、帆高は少し赤くなる。

「あの、ごめんなさい。……ありがと」

「どういたしまして。随分と汚れちゃったね。ちょっとじっとしてくれるかな？」

差し出された白いハンカチに意図を察し、帆高は、ん、と顔を仰向《あおむ》ける。男が苦笑《くしょう》し、泥を拭いてくれた。

「リオンのこと、悪く思わないでくれないか。酷い男のように見えただろうけれど、本当は君のことをとても心配している」

「えー？　そうは見えなかったけど。あの人、リオンって名前なの？　おにーさんはリオンの……家族？」

同じ金髪の上、過保護。イケてる推理だと思ったのに、男は笑い出した。

「家族か！　それはそれで楽しそうだ。でも、残念ながら違う。僕は彼の主《あるじ》なんだ」

「あるじ……？　って、ご主人様？」

「そう」

なんて時代錯誤《さくご》な響きだろう。

「ふーん。ご主人様なら、人を投げちゃだめってリオンを叱ってよ」

「残念ながら、僕は今、彼より立場が弱くてね」

眉尻を下げ困ったような顔をした男は気が弱そうで、確かに乱暴者のリオンには敵《かな》いそうにない。

「ご主人様のくせに？」

「そう、僕はとても駄目な主なんだ」

ポケットに入れたままだったスマホがメールの着信を知らせる。どうやら引っ越し作業が終わったらしい。周囲は更に暗くなり、夜が来ようとしている。

帰る時間だった。

「僕、もう、行かないと。……あ」

ついでに帰り道を確かめようとした帆高は眉を顰《ひそ》めた。地図アプリがエラーを起こしていて、現在地がわからない。

「大丈夫、心配いらないよ。家の前まで送ってあげる。だからね、ちょっとだけ話を聞いてくれないか」

「何の話？」

「リオンの話」

帆高はつんとそっぽを向いた。だが、男はかまわず話を続ける。

「ストーカーって知ってる？」

「……知ってる」

「実はリオンはね、ストーカーにつきまとわれているんだ」

「本当!?」

思わず男の顔を見上げると、重々しく頷かれた。

「そう。恐ろしく執念深くてね、リオンに近づくものを許さない。リオンが可愛がっていた野良猫も殺された」

帆高は息を呑んだ。

酷い。

「リオンはね、君に危険が及ぶのを恐れてああしたんだ。君に優しくしたらストーカーが君に目をつけるかもしれないからね。……まあ、もう手遅れだろうけど」

――僕のため？

帆高は動揺した。

帆高に累《るい》が及ぶのを心配して、あの人はあんな乱暴なことをした？

でも、なんて優しい人なんだろう――と思うほど帆高は無邪気《むじゃき》な子供ではなかった。大人は往々にしておまえのためだという言葉を隠れ蓑《みの》に帆高を好きに動かそうとする。この人の話は本当に本当なんだろうか？

「手遅れってどういう意味？」

男は曖昧《あいまい》に微笑《ほほえ》み、帆高の濡れた髪を優しく指で梳《す》いた。

「――もし怖い目にあったら、リオンを頼りなさい。無愛想《ぶあいそう》なだけで根は優しい男だ。必ず助けてくれる」

――必ず助けてくれる？　本当のパパやママみたいに？

知らない人の言うことを鵜呑《うの》みにしようとは思わないけれど、その言葉はとても甘美に帆高の耳に響いた。

「リオンがあんな侘《わび》しい家に一人でいるのはストーカーのせいなの？」

空き家にしか見えない、荒《あ》れ果てた家。

ガラスは割れ、縁側は朽ちかけていた。破れ障子《しょうじ》の中は真っ暗で、何か出てきそうな薄気味悪さが澱《よど》んでいる。それなのに、リオンの言動はいつもあそこにいることを示していた。

「ああ、そうだよ。あのストーカーのせいで、リオンはずっとひとりぼっちなんだ」

「でも、おにーさんは？」

男は淋しげに微笑んだ。帆高に傘を返してしまったせいで、金糸に水滴が光っている。

「ねえ――」

あなたはそのストーカーに狙われたりはしないのと問おうとして帆高は目を擦った。目の前にいると思っていた男が消えていた。リオンのいた荒れ果てた家もなく、帆高は気がつけば今日引っ越してきたばかりの家の前に立っていた。

＋　＋　＋

扉を開けて電灯を点けると、十畳ほどの部屋が黄色がかった光に照らし出された。

部屋を間違ったかと一歩下がって廊下に出たけれど、二階の突き当たりにある部屋はここだけだ。帆高はおずおずと部屋の中に踏みこんでみる。

カントリー調だった家具はシックな黒に変わっていた。子供っぽいロフトベッドが消え、代わりにセミダブルくらいの大きさの低いベッドが部屋の中央に鎮座《ちんざ》している。

おそらく母が思う、中学生の息子が暮らすべき理想的な部屋がこれなのだろう。別に悪くはないのだけれど、秘密基地のようなロフトベッドに愛着のあった帆高の唇はむうと引き結ばれた。

一言言ってくれたっていいのに……。

本棚の中身は以前の半分ほどに減っている。ライトノベルやマンガの類《たぐい》が軒並《のきな》みない。そういう本を読んでいる子は頭が悪そうに見えると母は常々《つねづね》言っていた。いい機会だとばかりに勝手に捨ててしまったのだろう。

「散歩に行けって言うわけだ……」

部屋着に着替えようと開けてみたクロゼットからは愛用していたジャージや膝に穴の空いたジーンズが消え、母が好きなブリティッシュ・トラッド系の服が増えていた。

大きく深呼吸して、帆高は怒りを押し殺す。人の物に手を出すなと文句を言いたいところだが、帆高の所有するすべては両親が買い与えたもの、つまりは彼らの所有物だ。自分で稼《かせ》いだ金でものを買えるようになるまで我慢《がまん》するしかない。

「わかってはいるんだけどさ…」

締め切ってあったカーテンを開けると、隣家の窓がすぐ目の下に見えた。

部屋の主は不在だったが、壁に制服がかかっているところを見ると同じ中学に通う子の部屋らしい。友達になれるだろうかと思いつつ帆高は元通りカーテンを閉める。

母に呼ばれて上がってきたばかりの階段をひょこひょこ戻ってゆくと玄関に見知らぬ母子がいた。母親の方が帆高の顔を見るなり目を輝かせる。

「この子が帆高くん？　あらまあ……可愛いわねえ！」

帆高は少し赤くなり、髪をいじる振りをして顔を隠した。

「えっと、その、僕、可愛くなんか、ないです……」

——絶対に母セレクトの服のせいだ。

帆高は膝上丈の黒いパンツに白のふわもこロングニットを合わせていた。成長を見越した大きめサイズのせいで、ニットの袖が手の甲まで届いているあたりが女子っぽい。少し長めにカットされたさらさらの黒髪もユニセックスな雰囲気を助長する。

本当はこんな服、着たくない。

帆高をベルトでぶら下げた失礼な男の姿がふっと脳裏に浮かんだ。

あの男は男っぽいアーミー風ジャケットにダメージジーンズ、足には埃《ほこり》で汚れたごついブーツを履いていた。あれこそまさに帆高が着たい服だった。

「みっちゃんに子供がいるなんて知らなかったわ。何年生？」

帆高はちらりと母の顔色を窺った。薄っぺらな笑みを顔に張りつけてはいるけれど、母の機嫌は決してよくなさそうだ。

「今度、中一になります」

「隆也《たかや》と同じだわ！」

帆高は初めて真っ向から母親の横に立つ少年の顔を見上げた。帆高の身長はクラスで一番小さい部類だが、『隆也』は逆に一番のっぽであろう長身だった。眠そうな目をしているが、よく見れば結構凛々《りり》しい顔立ちをしている。

「同じクラスになれるといいわねえ」

「ええと、はい……」

この子は自分と同じクラスになりたいと思ってくれるだろうか？

上目遣いにおずおずと問う帆高に、隆也は力の抜けた笑みを向けた。

「おー。よろしくなー」

母親たちは旧交をあたためている。話を聞いていてわかったが、この家は元々祖父母《そふぼ》が住んでいた家で母も結婚するまではここで暮らしていたらしい。先月祖父が亡くなって空き家になったので急遽《きゅうきょ》引っ越してくることにしたのだという。

帆高はこのあたりの事情を全く聞かされていなかった。話す必要もないと思われていたのだろう。急に引っ越すと言われてついてきただけで、母の父が最近まで存命だったということさえ知らなかった。

陽気に喋りまくっている目の前の女性はやはり古くから隣家に住んでおり、いわゆる幼《おさな》馴染《なじ》みなのだという。だが、気難しい母は、この幼馴染みを好んではいないようだ。会話につき合うのが面倒くさくなったのだろう、途中で引っ越しの片づけがあるからと口調はやわらかいものの強引に切り上げてしまう。

二人が去ると、帆高は施錠《せじょう》する母に思い切って話しかけた。

「お母さん。僕の本や服のことだけど」

「何かしら」

挑発的に問い返され、ぼそぼそと主張する。

「……返してくれない？　僕、あれ、気に入ってて……」

「あんなもの、あなたには必要ないわ」

「でも」

「必要ないって言ったら必要ないの。子供は親の言うことを聞くものよ。わかった？」

けんもほろろにあしらわれる。帆高はしょんぼりと自分の部屋に引っこんだ。

食事は帰宅してすぐデリバリーで済ませている。帆高はパジャマに着替えて本棚から本を抜き出すと、ベッドに寝転がった。本を開いて物語に没頭《ぼっとう》しようとする。いつもならばすぐさま活字の海に溺れて苛立ちを忘れられるのに、今日に限ってなかなか物語に入りこめない。

帆高は本を置き、仰向けになった。

目を瞑《つむ》ると瞼《まぶた》の裏で、雨に湿った二色の金糸が重く揺れる。

タイプが違うものの、今日出会った外国人二人は恐ろしく目立つ容姿をしていた。穏やかな笑みを絶やさないご主人様は品があって本物の貴族みたい。逆に笑みの欠片《かけら》も見せなかったリオンは感じの悪さばかりが印象に残っているものの、容姿だけは極上だった。苛《か》烈《れつ》な眼差しも険しい表情も遠くから鑑賞する分には綺麗なばかりだ。髪と膚の手入れをしていい服を着せたら、もっと凛《りん》とした姿が引き立つことだろう。

自分があんな人たちと言葉を交わしたなんて、考えれば考えるほど現実のこととは思えなかったが、帆高の躯には捻挫や擦り傷が残っていた。レインコートは買ったばかりなのに泥だらけだったし、母にひどく怒られた。だから夢ではないはずなのだが、何度思い返しても公園からあの廃屋へ移動した記憶がない。

「崖から落ちて失神《しっしん》している間に誰かが運んでくれたのかな……」

それにしてはリオンの反応が変だが、他に説明のつけようがなかった。

帰りはご主人様との会話に夢中になって、ほかのことが見えなくなっていたのではないだろうか。喋りながら無意識に足を動かしていたのだ、きっと。あの廃屋がどこにあるのかまったく思い出せないのは、そのせいに違いない。

「――ストーカーの話は本当なのかな……」

男の人でもストーカーに狙われることがあるなんて知らなかった。でも、リオンの容姿ならありうるのかもしれない。

むかつく人だったけど、猫を殺されたのなら可哀想《かわいそう》だ。

うとうとしながら、帆高は記憶をなぞる。

しとしとと降る雨の中、濡れて膚に張りつこうとする金糸を、リオンは何度も鬱陶しそうに掻き上げていた。長い前髪の下から青い貴石《きせき》のように美しい瞳が覗くたび、なんだかドキドキした。

猫が死んだ時、あの人はどんな風に哀しんだのだろう。泣いたのだろうか。

違う、という気がした。きっとあの人は悲しみを表には出さずに胸の奥で噛みしめる。

パパとママを失った時に帆高がしたように。

ふわふわと夢の中に漂い出そうとしていた意識を掻き乱され、帆高は目を覚ました。くぎし。

ちゅんとくしゃみをして身震いする。

ぎし、ぎし。

また廊下が軋んでいる。母か父が階段を上ってきたのだと思って、帆高はベッドから下りた。おやすみを言おうと扉を開けて、左右を見渡す。

「あれ？　誰もいない……？」

気のせい、それとも家鳴《やな》りだった？

帆高はぶるりと躯を震わせた。夜が更けてきたせいだろうか、明日から四月だというのにうすら寒い。

「眠りかけてたせいかな……。それとも一軒家だから？　集合住宅より冷えるって聞いたけど、こんなに寒くなるものなのかなー」

ぶつぶつ言いながら部屋の明かりを常夜灯だけにし、ベッドに戻る。上掛けを引っ張って中に潜《もぐ》りこんでもなかなか躯があたたまらず、帆高はしばらくの間寝返りを繰り返していた。

## 二、二日目

「おはようございます」

翌朝、何気なく挨拶《あいさつ》をしようとして、帆高は父の顔色の悪さにびっくりした。死人のような青白さだ。

「お父さん？　大丈夫？　すごく具合悪そう」

ぼんやりとした表情で帆高を振り返った父は緩慢《かんまん》に首を振る。

「いや……大丈夫だ。少し怠いだけ……」

本当に大丈夫なのだろうか。

反応が鈍い。朦朧《もうろう》としているようにすら見える。

「昨夜、眠れなかったの？」

「そんなことはない。ただ、変な夢を見たような気がする……」

掌で顔を擦ると、父は洗面台に置いてあった眼鏡《めがね》を手に取った。

「厭な夢？」

「覚えていないが、多分よくない夢だったんだろうな。こっちへおいで、帆高」

ぶわっと膚が粟立《あわだ》った。

いつもぱりっとしたスーツにメタルフレームの眼鏡をかけている父にはどこか無機質な機械を思わせるところがある。それなのに今、帆高を見る父の眼差しは獣めいていていてやけにねっとりしていた。

でも、父の言うことを聞かないという選択肢は帆高にはない。一度瞬《また》くと、ぱたぱたと歩み寄る。帆高の倍もありそうな大きな手に触れられた刹那《せつな》何とも言えない寒気が走ったが、帆高は奥歯を噛みしめて身を引きたいという衝動《しょうどう》を堪えた。

父が折れていた襟を直してくれる。

「ちょっと遅くなるが、来週の金曜日の夜に入学祝いをしよう。食事に行くから、予定を空けておきなさい」

「はい。ありがとう、お父さん」

別に何をされたわけでもないのに、父の手が離れるとほっとした。

この家では、何かイベントごとがあると外に食事に出る。クリスマスも誕生日も、母がケーキを焼いたりご馳走《ちそう》を作ることはない。あまり料理をするのが好きではないらしく、デリバリーで済ませる日も多い。

引き取られた初日に上品な懐石《かいせき》の店に連れていかれた帆高は目を白黒させたものだが、もう慣れた。

静かな雰囲気のトラットリア。ライトアップされた庭までも楽しめる料亭。蕎麦《そば》を食べに行く時だってカウンターで啜《すす》ったりせず個室でゆったりとくつろぐ。その代わりに帆高は、友人たちがよく行くというファミレスやファストフード店に行ったことがない。

帆高は多分、幸運なのだ。裕福な両親に引き取られて。

たとえ意思のない人形のように扱われたとしても。

ママだったら誕生日には必ずケーキを焼いてくれて、帆高にもイチゴを並べるのを手伝わせてくれたのになんて、考えてはいけない。

# 三、七日目

桜のはなびらが吹雪《ふぶき》のように舞っている。

満開の桜もいいけれど、散り際も悪くない。白い花びらを浴びるのは楽しいし、随所に覗く緑の新芽には新たな生命の息吹《いぶき》を感じる。

引っ越してから一週間後、中学校の入学式がつつがなく終わった。各教室に分かれてのホームルームも済み担任だという眼鏡をかけた老人が退出すると、生徒たちは一斉に囀り始める。区立中なので生徒たちはほとんどが地元出身だ。知り合い同士寄り集まり、あっという間にグループが形成されてゆく。知った顔の一人もいない帆高のところにも、幸運にも同じクラスになった隆也が来てくれた。

「なあんかほたほたって、毛並みが違うよな」

わけのわからないことを言われた帆高はこてりと首を傾《かし》げる。

発言の主は隆也が連れてきた少年だった。同じ小学校出身で元々仲がよかったらしい。帆高とほとんど変わらないくらい小さくて見るからに子供っぽい上、寝癖だらけでぼさぼさの頭をしている。

「……ほたほた？」

「帆高だから、ほたほた。俺は井上稔《いのうえみのる》だから、みのりんって呼んでくれていいぜ！」

ピストルの形にした手を構えてポーズをキメられ、帆高は曖昧な笑みを浮かべた。人懐《ひとなつ》こくて愛嬌《あいきょう》があるけれど、素《す》っ頓狂《とんきょう》な子だ。

「あー、俺も初めて会った時、思ったなあ。ちっちゃくて可愛いだけじゃなくて、何か小綺麗っていうか……野良犬の中に、血統書つきのちっこいイタリアン・グレイハウンドが混じっているって感じ？　もちろん家飼いでしっかりブラッシングされてて毛並みが艶々《つやつや》なのな」

「そうそう、育ち？が、なーんか違うんだよな。服も可愛いし！」

「こんなの僕の趣味じゃないし！」

寒いので帆高は制服のブレザーの下にカーディガンを着ていた。いつの間にかクロゼットに増えていた空色のカーディガンはポケットにチェック柄があしらわれており、帆高の好みからするといささか可愛すぎるデザインだ。

「女子も結構ほたほたのこと、気にしてるっぽいよな」

「……何か見られてるような気がするって思ってた」

「ほたほたは目立つからなー」

知っている子らしい、女子にバイバイと手を振られ、隆也が振り返す。いつの間にか教室の中は随分と淋しくなってきていた。

「俺たちも帰るか」

三人で一緒に学校を出ると、校門のまわりに大勢がたむろしていた。入学式の後なので、親と待ち合わせて帰る生徒が多いらしい。

「すごい人だな」

三人一列になって、人混みの中を縫うようにして外に向かう。

車の切れ目を逃さず車道を走って渡り路地《ろじ》に入ると、先に立った稔《みのる》が両手を頭の後ろで組んで後ろ向きに歩き始めた。

「なーなー、幽霊屋敷覗いてこーぜっ！」

「幽霊屋敷？」

帆高は眉を顰めた。なんだか引っ越してから妙に仄暗いものに縁づいている。

「昔っからそう呼ばれてる空き家があるんだけど、最近金髪の幽霊が出るって噂なんだよね。俺はまだ遭遇したことないんだけど、結構見たって奴いるんだぜ」

金髪の幽霊？

つい最近会った奇妙な二人の外国人のことが頭を過《よぎ》った。

踊るような足取りの稔とは異なり、隆也の顔色は冴えない。

「晴れた昼間に行っても出ないっていうから今日は駄目じゃないか？」

「いいじゃん。ちょっと見るだけだって！　すっごいイケメンらしいぜー！」

しかも、イケメン？

「ほら、あそこ！」

二人の視線の先を辿り、帆高は秘かに息をつめた。

目の前に崩れかけた門があった。天気はいいのに、門から先は別世界のように暗い。生い茂った木々のせいだ。

朽ちつつある屋敷には見覚えがある。――リオンとそのご主人様に会った幽霊屋敷だ。

「猫が死んでたのって、この辺りなのかなー」

稔がいきなり門の前でしゃがみこみ、アスファルトの表面をまじまじと眺めた。

「猫……？」

隆也が顔を顰《しか》める。

「ここで子猫が殺されてたんだ。道幅いっぱいに血が飛び散ってて、どこが頭かしっぽかもわからないアリサマだった」

「隆也見たの!?」

子供っぽい無邪気さで稔が声を弾ませる。

「悲鳴が聞こえたからな。行って見ちまった。朝だったから通勤途中に見ちゃった人たちがアビキョーカンだったぜ。吐いてる人とかいた」

「どんなだった!?　どんなだった!!?」

隆也はぴょこんと立ち上がった稔から顔を背《そむ》けた。

「……思い出したくない……」

「それって幽霊がやったのかな？　祟《たた》りって奴!?　あ、でも一組の奴らが肝試ししてたよな？　なんであいつら、ぴんぴんしているんだろ。猫は駄目だったのに……」

肝試し。

もう間違いなかった。ここは引っ越しの日に訪れた廃屋で、金髪の幽霊とはリオンのことだ。祟りなんかじゃない、猫を殺したのはストーカー。吐く人までいたなら、相当無惨なやり方をしたのだろう。人であれ動物であれ、一度奪われた命は二度と戻ってこないのに。

――帆高ちゃん、よく聞いて。帆高ちゃんのパパとママはね、もう――。

「帆高、ごめん。もしかしてこういう話、苦手だった？」

目の前で手をひらひら揺らされてはっと気がつくと、隆也が心配そうに顔を覗きこんでいた。稔も笑顔を引っこめ、じいっと帆高を見つめている。

「う……ううん。大体、幽霊なんかいるわけないし？」

そうだ、幽霊なんかいるわけない。

リオンは猫の子のように帆高を持ち上げたし、ご主人様は蝙蝠傘を拾ってくれた。

あの二人が幽霊なわけない。人間に決まっている。

——幽霊なんかいるわけないんだ。

結局、庭先を少し覗いただけで、三人は家に帰った。

扉を開けて一歩入ると、ひんやりとした空気に包まれる。湿度のせいか初日の昼間はそうは感じなかったのに、この家の中は常に寒い。

部屋にスクールバッグを置き、一階に下りる。何か飲もうとキッチンに行く途中に何気なく茶の間を覗いて、帆高はどきりとした。

静かだから、誰もいないか寝ているかだと思っていたのに、青白い顔をした母がいた。ちゃぶ台に頬杖をついているけれど、正面にあるテレビはついていない。虚《うつ》ろな表情になんだか背筋が寒くなる。

「お母さん……ただいま……」

遅ればせながら帰宅の挨拶をすると、母はのろのろと振り返った。

「あら、おかえりなさい」

「まだ調子、悪いの？」

父同様に母も体調を崩していた。今日の入学式にも来ていない。咳も喉の痛みもなく風《か》邪《ぜ》ではないのだが倦怠感《けんたいかん》がひどいらしい。父は熱もないのに休めないと出勤しているが、母は四六時中《しろくじちゅう》寝ているかぼんやりしている。

「晩ご飯、食べられそう？　僕、買い物してこようか？」

子供である帆高には、こういう場合、何をどうしたらいいのかわからない。

「静かにしていてくれればそれでいいわ。ああ、冷凍庫にパスタでもドリアでもあるから晩ご飯は勝手に食べてちょうだい。お母さん、具合が悪いんだからあんたの世話までしてられないの。わかるわね？」

――ママだったら。風邪で高い熱を出していても、こんな突き放すようなことは言わなかった。

ふっとそんなことを考えてしまい、帆高はふるふると頭を振った。

こういうことを考えちゃ駄目。

帆高はもう大きくて自分で何でもできるから母はこう言ったのだ。母たちは自分の子でもない帆高をお金をかけて育ててくれている。文句なんて言ったら罰《ばち》が当たってしまう。

「はい、お母さん」

いい子の返事をすると、帆高は部屋を出た。両手でぱんと頬を叩いて、胸に澱む不安な気持ちを振り払う。

自分の部屋に戻って翌日の支度をすると、帆高は読書に没頭《ぼっとう》した。今日アドレスを登録したばかりの稔と隆也から時々送られてくるメッセージに返信して、暗くなったら各部屋のカーテンを引いてまわり、ひとりで夕食を食べる。それから風呂を沸かした。介護のためにリフォームされた風呂は家が古い割には綺麗だったけれど、あちこちに手すりがついていてなんだか変な感じだ。

しっかりあたたまって浴室を出た帆高はバスタオルを頭からかぶって頭を拭いた。洗面台の奥の鏡に映る姿は体毛も薄く、筋肉もついておらず、性の匂いのしない清潔感がある。傷《いた》めないよう、押さえるように髪を拭きながら、帆高はつらつらと今日判明した事実を反芻《はんすう》した。

だんだん夢の中の出来事のように思い始めていたけれど、あの屋敷は実在した。

猫も本当に死んでいたし、肝試しに入りこむ子供たちもいた。

庭で見つけた帆高にリオンが攻撃的だったのも頷ける。自分が住んでいる家を心霊スポット扱いされて勝手に忍びこまれたりしているのなら、頭に来て当然だ。怪我の手当までしてくれたことを帆高は感謝しないといけないのかもしれない。

「むー」

でも、帆高は肝試しのためにあそこに行ったわけではないのだ。

帆高は頭からかぶったバスタオルの端をむぎゅっと両手で引っ張る。やっぱり誰が何のために帆高をあそこに連れていったのかが気になった。

「ストーカーがうろついている気配もないし、明日、もう一回行ってみようかな――

…っ？」

ぶつぶつ呟きながら、帆高は二の腕を擦る。

なんだかやけに寒くなってきた。風呂から上がったばかりでまだ躯は火照《ほて》っているのに、全身が鳥肌立っている。

何……？

ゆっくりと項垂《うなだ》れていた頭を上げ、タオルの隙間から外を覗き見て、帆高は息を呑んだ。先刻まで自分だけしか映っていなかった鏡の中に、見知らぬ男がいた。薄笑いを浮かべて洗濯機の前に立っている。

顎のラインまでまっすぐに垂れた髪は黒かったが日本人ではなかった。陰鬱《いんうつ》な光を放つ瞳は灰色、着ているのはゴシック映画から抜け出してきたのかと突っこみたくなるような時代がかった代物《しろもの》だ。

「だ、誰？」

勢いよく振り返ってみたけれど、誰もいない。

狐につままれたような気分で前を向き、帆高は息をつめた。

男は、まだいた。鏡の中に。だが、貴族的に整った顔は腐り始めていた。

薄い痣《あざ》のような色むらが浮いてきたと思ったら、見る間に斑《まだら》に黒ずんでゆく。触ってもいないのに頬の肉がぼたりと落ち、白い歯列が覗いた。

あ、これ、夢だ。

滅茶苦茶《めちゃくちゃ》怖いし、眠った覚えもないけれど、絶対に夢。夢でないはずがない。だってこんなホラー映画みたいなこと、現実にはありえない。

ぼたりぼたりと腐った肉が落ちる水音が耳朶《じだ》を打つ。強烈な悪臭に帆高は噎《む》せそうになった。

「目覚めなきゃ……」

鏡の中の男が前に出る。

洗面所は狭く、たった一歩で距離などなくなってしまった。

必死に目覚めようと念じている帆高の肩に男が手をかける。手の感触が信じられないほどリアルだ。

男はそのまま帆高に覆い被さるように身を屈め、首筋にキスしようとした。

やだ。

帆高の中で何かがぷつんと切れた。

「触んないでよ！」

握った拳《こぶし》が跳ね上がる。

なんとなく通り抜けてしまうのではないかと思っていたけれど、拳は泥のようになった肉にびしゃっとめりこんだ。不意を打たれた男が仰《の》け反《ぞ》り、帆高の肩に指を食いこませる。

「痛っ」

思わず背後を振り返ってしまったが、やはり直接男の姿を見ることはできなかった。急いで見直した鏡の中からも男の姿が消えていて、ほっとする。へなへなとその場に座りこんで、緊張の糸が切れたせいか潤んでしまった目元を拭いていると、廊下の床が軋む音が聞こえた。

ぎし、ぎし、ぎし、ぎし。

家鳴りだと思っていた音がバスルームから遠ざかってゆく。

——あれはあいつの足音だった？　あいつは前からこの家の中にいたってこと——？

ぶるりと身震いすると、帆高はバスタオルの端を掴んで一息に引っ張った。露わになった肩にはくっきりと男の指の痕《あと》が残っていた。

帆高は鼻に皺《しわ》を寄せ、用意しておいた部屋着を手早く身につける。

どうする？　——どうしたらいい？

とりあえず、部屋に戻り読み差しの本を手に取る。

どうしたもこうしたもない。今のは夢。こんなことが現実にあるわけない。

——じゃあ肩の痕をどう説明するつもり？

物語は佳境《かきょう》にさしかかったところだ。本に夢中になれば、さっき見た変なもののことを忘れられるに違いない。ヘッドボードに立てかけた枕に寄りかかり、帆高はページを繰る。

でも、五分もしないうちに帆高は本を投げ出した。本なんか読んでいられるわけがなかった。

あれが何か、母に聞いてみたらどうだろう？　ここは母の実家。昔からそういう話があるなら、知っているはずだ。

――駄目だ。

帆高は狂おしく首を振った。

母は体調が悪いのだ。それにもし、あれのことを知らなかったら？　帆高の頭がおかしくなったのだと思われるかもしれない。

かつて、大事なぬいぐるみを汚いと勝手に捨てられて、帆高が泣いて怒った時の母の目つきが脳裏に蘇《よみがえ》る。

いいのよ、と母は言った。気に入らないなら、施設に帰れば？

そんなことが簡単にできるかどうか、帆高は知らない。でも帆高は恐怖した。あっさりと帆高を棄《す》てようとした母に。新しい両親にとって、帆高はさして重要な存在ではないのだ。

パパとママに会いたかった。

パパとママならきっと帆高を抱きしめ、大丈夫だとなだめてくれる。

――でも、パパとママはいない。

ああ、まただ。鼻の奥がつんと痛くなる。頭の中が真っ白になって――帆高は部屋の中をうろうろと歩き回るのを止めた。

そういえばご主人様が言っていた。怖い目に遭ったらリオンを頼れと。剣呑《けんのん》ではあるけれど恐ろしく綺麗な男の顔がふっと心の中に浮かぶ。そうしたら、異様に速くなっていた鼓動が鎮まった。

なんでだろう。

帆高は不思議に思う。

ろくに知らない男なのに。本当に助けてくれるかどうかだってわからないのに。

「でも、あの人ならどんな気味の悪い話を聞かされても動じなさそうだよね」

とにかく明日になったら行ってみよう。あの幽霊屋敷へ。

ひとまず方針は決まった。充電していたスマホを取り、部屋の窓を開ける。ふと下を見ると、隆也が部屋でベッドに寝ころびスマホをいじっていた。

昼間教えてもらっていた番号に電話をかけるとかちりという小さな音と共にコール音が消え、隆也がスマホを耳に押し当てる。

『もしもしー、帆高かー?』

間延《まの》びした声にほっとする。

「うん。窓、開けて」

『あ?』

帆高は隆也に向かって片手を振った。起きあがった隆也が窓を開けてくれたので、スマホをポケットにしまい窓枠に足をかける。

「うわ、ちょ、待っ……!?」

わたわたしている隆也を無視し、帆高はすぐ下に見える塀の上に下りた。それから隆也の部屋の庇《ひさし》にぶらさがり、窓の中に飛びこむ。

「何してんだよ、危ないだろ。ちゃんと玄関回ってこいって」

「靴がないと親にバレて帰れって言われるから駄目」

帆高は隆也のベッドに座りこむと、少し汚れてしまったソックスを片方ずつ引っこ抜いた。

「帰らない気かあ?」

「うん。今夜、泊めて」

元々乱れていた布団をめくってごろんと寝転がってしまう。シングルサイズだが、帆高は小さい。ぎりぎり二人一緒に眠れる。

「え……?　ええ……!?」

「可愛いイタリアン・グレイハウンドがベッドに潜りこんできたんだと思いなよ。なんなら撫でてもいいよ」

冗談のつもりだったのに、隆也は本当にわしわしと頭を撫でてきた。

「別にいいけどさー、急になんでだ?　親と喧嘩《けんか》でもしたのか?」

　帆高は唇を引き結ぶ。

「ねえ、この辺りで、金髪以外の幽霊が出たって話、聞いたことある？」

　隆也が蒼褪《あおざ》めた。

「聞いたことないけど……まさか、出た、とか……？」

「ううん。おやすみっ！」

「待てよ、教えろよ。出たんだろ？　急に泊めろなんて言うのはそういうことなんだろー!?」

　教えるわけにはいかない。隆也はいい奴だけれど、まだ出会ったばかりだ。どれぐらい口が堅いかわからない。

　帆高は隆也の腕を掴んで布団の中に引っ張りこんだ。

「わわ!?」

「いーから寝よ。ね？」

　もがく躯に抱きつくようにして押さえこみ目を閉じる。隆也はぶつぶつ言い続けていたものの、やがて寝入ってしまった。すぐ隣から聞こえてくるくうくうという寝息はまるで精神安定剤のよう。ささくれだった神経に作用して、絶対に眠れないと思っていた帆高をも眠りに誘う。

## 四、八日目

翌朝、たっぷり眠って目覚めると、大分《だいぶ》気分がよくなっていた。昨夜の出来事が全部悪い夢のように思える。

もしかしたら、本当に夢だったのかもしれない。幽霊屋敷だの殺された猫だの、怖い話ばかり聞かされたから、変な夢を見て寝ぼけてしまったのかも。

帆高は隆也が眠っているうちに窓から部屋に戻る。

二階にある簡易な洗面台で顔を洗い、クローゼットを開けて制服を着るためにパジャマを脱いだところで、帆高は扉の裏側にある鏡をまじまじと眺めた。

肉の薄い肩に、あの腐った男の手の痕がはっきりと残っていた。

全身から血の気が引いてゆく。あれは夢じゃなかったのだ。

帆高は目を瞑り、大きく深呼吸すると鏡の中の己《おのれ》を挑発的に睨みつけた。

「怖くなんかない。おばけなんかいるわけないし！」

いつものように制服を着て、階下に下りる。おはようございますと朗《ほが》らかに挨拶して、母が用意してくれた食事も無理矢理口に押しこんで全部平らげた。

ちゃんと学校に行って、授業を受ける。本当はさぼってしまいたかったけれど両親にバレるとまずい。ホームルームが終わると、帆高は稔たちに声をかけられるよりも早く教室を飛び出た。

まだ時刻は早く、空には抜けるような青空が広がっている。

さて。

冷静に考えたら、リオンにおばけが出た、なんて話をしに行っても馬鹿にされるだけのような気がした。でも、いい。

なぜならリオンは母に繋がっていない。何を言っても母にバレる心配はない。もし厭なことを言われても、二度とここに来なければ済むことだ。そして何より帆高自身が誰かに話したくて仕方なかった。このまま我慢し続けていたら内側からパンと弾けてしまいそう。

よし、行く！

明るい陽射しの下で見ても廃屋は廃屋で、いささかどころでなく薄気味悪かったが、帆高は躊躇《ちゅうちょ》なく破れ障子を開けて中へと押し入った。

雨戸の隙間から洩れ入る陽光の中、細かい埃がきらきらと輝いている。

リオンはどこにいるのだろう。一通り見て回ったが、姿がない。

「んん……？」

埃の上には大きいのや小さいの、新しいのや古い足跡が残っていた。『肝試し』の客が残したものだろうけれど、人が宙に浮けない以上リオンの足跡も混じっているはずだ。ごついブーツを履いていたのを思いだし、帆高はそれらしい足跡だけを追ってみる。押入の前で消えているのを発見してすぱんと襖を開けてみると、段上の埃が乱れていた。

「ビンゴ！」

押入の上段へと上ると、天井にうっすらと四角いラインが見えた。以前読んだ小説で、押入の天井に屋根裏への入り口があったのを思い出し押し上げてみると、ぱかりと跳ね上がる。押入の中で立ち上がり穴から頭を出して、帆高はうわあと感嘆の声を上げた。

屋根裏なんて簡易なものではない。鎧戸の隙間から洩れ入る光にぼんやりと浮かび上がる室内の様子は小綺麗に整っており、秘密の匂いがした。

「おまえ……」

壁際に据えられたベッドの上に凝っていた影が地の底を這うような声を発する。

リオンだ。勝手に押し入られて怒ってる。

帆高は思わず首を竦《すく》めそうになってしまったけれど、あえて軽やかに手を振った。

「お邪魔しまーす」

室内によじ登り、跳ね上げ戸を閉める。帆高はまず、窓へと向かった。

「この部屋、すごいね！　リオンが作ったの？　それとも元からあったの？」

掛け金を外して陽光を呼びこもうとした刹那、鋭い声が飛んだ。

「やめろ、開けるな！」

「どうして？　こんなに天気がいいのに――」

振り返った帆高は、無言で開けたばかりの鎧戸を閉めた。

リオンがベッドの影にうずくまっていた。両腕で顔を庇っている。

「開けるなと言っただろう」

「ごっ……ごめんなさい。もしかして、光線過敏症とか、そういうの？」

「光は苦手なんだ。――くそっ、目が灼《や》けた」

強い光を浴びた直後なのでよく見えないが、顔を覆っていた両腕を下ろしたリオンの視点が定まっていない。

「目、見えて、ないの……？」

いや、そもそもなぜこんなに暗いのに、リオンの目の動きが見えているんだろう？

ふと疑問を覚え、帆高は瞬く。

残像のようなものが見えた。

リオンの瞳がうっすらと光っている――？

「しばらくすればまた見えるようになる。それより何しに来た。この間言った通り、おまえとは拘わりたくない」

掛け金をかけ直すと、帆高はベッドにもたれたリオンの隣にいそいそと座った。

「でも……この間来た時に、怖いことがあったらリオンを頼れって言ってくれた人がいたから」

　理解できない生き物を見るような目が帆高に向けられる。

「何だそれは。この間あんな目に遭わされたのによくまあ――待て、なぜおまえが俺の名前を知っている」

「ご主人様が教えてくれたよ？」

「ご主人様？」

訝《いぶか》しげに眉が顰められる。

　帆高は頭の中に蝙蝠傘を差しかけてくれた穏やかそうな男の姿を思い浮かべた。

「リオンより色の濃い金髪をしっぽにしてた。瞳は翠《みどり》。リオンより年上で、背は少し低くて、優しそうな男のひと」

　思いつく限りの特徴を並べ立ててゆくと、リオンの目の色が変わる。

「まさか、ルーシャン？」

「名前はわかんない」

　あっと思った時には、膝を支点に帆高の前に回ったリオンに両肩を掴まれていた。

　昨夜幽霊に掴まれた場所を圧迫される痛みに、帆高は思わず顔を顰める。

「どこだ。どこで会った！」

　何でこの人、こんなに必死なんだろう。

鬼気迫る勢いで問いつめられ、帆高は思わずリオンの顔面を押し戻してしまった。顔立ちが整っているだけに真顔で迫られると怖い。

「この家の前」

「一体いつ」

「僕がリオンに転がされた直後」

リオンは愕然《がくぜん》としているようだった。

「会うにはどうすればいい。教えろ」

「……わかんない」

たまたま道で声をかけられただけなのに、そんなの知る訳がない。首を傾《かたむ》けてみせると、リオンは項垂れてしまった。

「そんなにご主人様に会いたいの？」

どこからともなく現れた黒猫がリオンを慰めるように躯を擦り寄せているのを見て、帆高もそろそろと手を伸ばしてみる。よしよしと頭を撫でると、リオンの眉間の皺が深くなったような気がした。

「……おい」

「力になれなくてごめんね？　何かショック受けてるみたいだし、僕、今日のところは出直そっか？」

怖いけれど、さすがにこの状態でごり押しするのは気が引ける。撫でるのをやめて立ち上がろうとすると、いきなり手首を掴まれた。

「待て。ルーシャンはおまえに何と言った？」

「えーと。リオンにつきまとってるストーカーが、何かするかもしれないって」

は、とリオンが鼻で嗤《わら》う。すごく怖いのにかっこよくて、帆高はまた少しどぎまぎしてしまった。

「ストーカーか。確かにストーカーだな。それで？　おまえはどうしてここに来た」

「あの……手、放してくれる……？」

リオンの手が離れると、帆高は制服のネクタイを緩め、シャツのボタンを外した。

「おい、何をする気だ」

男同士なのになぜかリオンが逃げ腰になる。だが、おばけが出たと言ったところで笑われるのがおちだ。かまわずシャツをはだけて肩に残った指の痕を見せると、リオンの目の光が強くなった。

「これは」

「前々から足音が聞こえると思ってたんだけど、昨日洗面所に変な外国人が現れて、掴まれた」

昨夜の恐怖が蘇ってきて、帆高はふるりと身震いする。

「よく逃れられたな」

「殴ったらびっくりしたみたいで消えた」

え、とリオンが惚《ほう》けたような声を発した。

「なぐったのか、あれを……」

「？　えっとでも、泥棒とかそういうのじゃないみたいっていうか、鏡に映った時しか見えなかったし、顔があのう、ええと……」

生きている人間ではないようだったとはさすがに言いづらくて帆高はしどろもどろになってしまう。だが、帆高が切り出すまでもなかった。

「腐っていたんだろう？　ひどく臭って肉体も崩れつつあった。違うか？」

まるで見ていたような表現に、帆高は目を丸くする。

「どうして……」

「長年つきまとわれているストーカーのことだ、よく知っている」

——馬鹿に、されなかった……。

不安がぱちんと弾ける。

何を言ってもまともに取り合ってもらえないことに慣れてしまっていた帆高は泣きそうになってしまった。

リオンに話す分には母には伝わらない、毎日顔を合わせねばならない友達とは違って二度と会わなければいいだけ。そんな風に心の中で一生懸命こじつけて勇気を奮《ふる》い起こしてきたけれど、予防線を張る必要などなかったらしい。

　――よかった……。

「……おい？」

戸惑《とまど》った声に我に返った帆高が急いで拳で目元を擦る。

「め……、目にゴミが入っただけ！　それより僕、リオンのストーカーって、生きた人間だとばかり思ってた」

　大人の男性らしい無骨《ぶこつ》な手が黒猫の頭を優しく撫でた。

「ストーカーというか、俺たちは呪われているんだ。あの死人に」

「しびと……？」

　リオンの話に帆高は聞き入る。

「あれ――キーツは大昔の貴族で、王の寵愛《ちょうあい》を得ようとして黒魔術に手を染めた。俺の主が、王に妙な術がかけられているのに気づいた時にはもう、何十人もの犠牲者が出ていた」

　わあ。

　いきなり始まった中世ファンタジーめいた話に眩暈《めまい》を覚えたものの、帆高はぐっと堪えて話を呑みこもうと努めた。

「日本にもあっただろう？　斬首《ざんしゅ》した瞬間に悪人の首が、七代先まで祟ってやると言って飛んでいったという話が。キーツは死に物狂いで抵抗した挙げ句、最後の瞬間に俺たちを呪って消えた。あの姿だから死んだのは間違いないが、以来俺たちはずっと陰湿な呪いにつきまとわれている」

「あいつ、キーツって名前なんだ……。ええと、ルーシャンも死人なの……？」

大昔からずっと生き続けてきた……？

リオンは首を振った。

「いいや。王を守ったのは何代も前のホー家の当主だ。ルーシャンの祖先」

んんんんん？

帆高は耳が肩に着きそうなくらい首を傾けた。ルーシャンの先祖？　それなら辻褄《つじつま》が合うのかな？　でもまだ何かおかしい気がする。何がおかしいんだろう？

リオンもまた、顎を摘むようにして隣で難しい顔で考えこんでいる。

「しかし、痛い思いをさせたのは無駄だったか」

何気なくこぼされた呟きに、帆高はぱっとリオンの顔を見た。

「何だ？」

帆高は黙って首を振る。

そっか。この人は本当は帆高を守ろうとしてくれていたのか。

そっか……。

「じろじろ見るな。——いや、そうだ、目を閉じろ」

いきなり手首を捕まれ、帆高は狼狽《ろうばい》した。

「え……な、何で……？」

「いいから閉じろ。死人に引き裂かれて死ぬのは厭なんだろう？　いいというまで開けるな。守らなかったら、俺もおまえを守らない」

何をされるのかわからないのに視界を閉ざすのは怖い。ドキドキしながら目を閉じると、手が持ち上げられた。リオンの少しひんやりした指が緩く閉じていた掌を開き——薬指の先にちくんと痛みが走る。

「痛い……っ！」

「目を開けるな」

「開けてないよっ。開けてないけど、開けたいっ。何してんの？　何してんのっ!?」

痛みの上を、指の腹で強く擦られ、帆高はそわそわと躯を揺すった。

「開けていいぞ」

きつく閉じていた目を開けると、薬指の腹に小さな赤い珠《たま》が光っている。

「血が出てる……！　な……何したの……？」

リオンがふっと笑った。

「さて、何だろうな」

偉そうに肩を竦めた仕草といいなんとも悪そうでかっこよかったのに、決まったタイミングを狙ったかのようにリオンの腹がぐうと鳴る。

「おなか、減ってんの？」

恥ずかしかったのかリオンは聞こえなかった振りをした。

「さあもう帰れ」

もっと話をしたかった帆高はむうと唇を尖らせたものの、リオンに跳ね上げ戸の方へと押しやられては仕方がない。押入の中へと下り、座敷を通り抜ける。縁側に出たところでようやく立ち止まると、帆高は目を細めた。

荒れ果てた屋敷の中は暗かったが、外では木々の間から射しこむ木漏れ日がきらきらと輝いていた。住宅街のただ中にいるはずなのに、森の中にいるようだ。

思い切って来てみてよかった。

まあ、ちょっと意地悪だけれど、リオンはやな奴なんかじゃ全然なかった。――それにすごくかっこいい。

寝ていたのだろうか、黒いTシャツしか着ていなかったから、野生の獣のように引き締まった体躯《たいく》をしているのがよくわかった。ほどよい筋肉をまとった腕を思い起こしつつ、帆高は自分の腕を翳《かざ》してみる。

筋肉なんかついているようには見えない。子供っぽい腕だ。

ふふ、と小さな声を漏らし、帆高は木漏れ日の中を走って抜けた。ここに来た時とは真反対の軽やかな気分だった。

## 五、十日目

「こんにちはー」

跳ね上げ戸を押し開き秘密の部屋によじ登ると、床に座って模造刀の手入れをしていたリオンが顔を引《ひ》き攣《つ》らせた。

「また来たのか！」

「うん。ええと、これ、リオンにと思って買ってきたんだ！　召し上がれ！」

持っていたビニール袋の中から、紙に包まれたものを取り出す。コンビニで買ってきた肉まんだ。

「別にいらん」

リオンが顔を背けると、帆高は床に手を突いて、膝が汚れるのも構わず前へと回りこんだ。

「まだあったかいし、おいしいよ？」

二つに割ると、水蒸気と共に何ともおいしそうな香りが広がる。空腹でなくとも魅惑的な匂いだ。

リオンは無表情を保ちたかったようだが、本人の意志に反して腹の虫がぐうと鳴いた。

「はい、あーん」

半分に割った肉まんを持った手を口元に突きつける。リオンは帆高を睨みつけたものの抵抗できたのもそこまで、肉まんをひったくりがつがつと食べ始めた。

よくよく見るとリオンの上着の裾は擦り切れほつれている。ジーンズもわざとそういう風合いにしたのではなく、真実穿《は》き潰しかけているようだ。何より見事な食べっぷりが飢えているとしか思えない。

「リオンって、仕事、何してんの？」

手に残っていたもう半分を小さくちぎりながら帆高は聞いてみる。

「急に、何だ」

リオンは大きな塊を受け取ると早速ワイルドに頬張った。手元に残った小さな方は黒猫に差し出してみるが、ふるりと尻尾《しっぽ》を振っただけで無視される。前回来た時から撫でる隙を狙っているのに、この猫はどうしても触らせてくれない。

「だってこの部屋、何にもないから」

本当に何もなかった。あるのはベッドとそのすぐ脇の壁にしつらえられた小さな棚に飾られた模造刀だけだ。

「服ももしかして前会った時と同じ……？」

鼻を寄せてすんと匂いを嗅ぐと、リオンが尻をずらして帆高から遠ざかった。

「おまえ、もう帰れ」

「やだ。それで、何の仕事してんの？」

帆高がビニール袋の中身を膝の上にひっくり返す。さらに転がり出てきたあんまんとピザまんに、リオンの目は釘づけになった。

「ねー、な ん の し ご と し て る の？」

喧嘩をするつもりはない。帆高は冗談めかしてこてんと首を傾げてねだる。

リオンが唾《つば》を呑みこんだ。

「仕事なんかしていない。寄越せ」

奪われた饅頭《まんじゅう》があっという間にリオンの腹の中に消える。

帆高はようやく納得した。この男は本当に金がないのだ。だから昨日会った時も腹を鳴らしていた。今にも崩れそうな廃屋に住んでいる。幽霊屋敷だと言われるようになったのも、きっと住人が引きこもっていて滅多に姿を見せないからだ。

「おなかいっぱいになった？　よかったら毎日とはいかないけど、時々食べるもの持ってこようか？」

帆高の小遣いは決して多くはないが見過ごせない。それになんだか動物に餌《え》づけするみたいで楽しい。

でも、リオンはそっけなかった。

「無駄だ。こんなもので俺の飢えは癒《い》えない」

紙包みが骨ばった手の中で握り潰される。言葉通りリオンの目は飢えた狼のようで――

帆高はふるりとひとつ身震いした。

「言っておくが、巻きこんでしまった責任と、ルーシャンがここにいたらおまえを助けてやれと言うに違いないから仕方なく相手をしてやっただけで、おまえとオトモダチになる気はない。もうここには来るな。食い物もいらん。……迷惑だ」

帆高は首を傾げぱちぱちと瞬いた。酷いことを言われたような気がした。

「でも、次にキーツが出てきたら、僕はどうしたらいいの？　リオンはどうやって僕を助けてくれるつもり？」

「おまえが知る必要はない。不安なら父親か母親に一緒に寝てもらえ」

帆高は目を伏せた。

パパとママがいたなら、そうしてもらうこともできたろう。

でも。

「あの人たちには言えない」

リオンが訝しげな顔をした。

「お父さんとお母さんにとって僕は、ごっこ遊びを楽しむためのお人形さんだもん」

帆高は床に座ったままベッドに寄りかかる。長めの髪がシーツの上をさらりと流れた。

「なんだ、ハンコウキか？」

事情を知らないリオンが鼻で笑う。

「そんなんじゃないし」

帆高は少し迷った。母は帆高が外でこの話をするとヒステリーを起こす。でもなんとなくあの両親に自分が可愛がられていると誤解されるのは厭だった。だってあの人たちは帆高を愛してなんかいない。

「あのね、僕はお母さんたちとは血なんか一滴も繋がっていないんだ。お母さんはね、皆に早く子供を作れ作れってあてこすられてノイローゼになりそうになったから養子をとることにしたんだって。赤ちゃんの年頃の子を引き取れば本物の親子にだってなれるのにそうせず僕を選んだのは、ある程度自分のことは自分でできる年齢の方が手がかからないし容姿が好みだったから。なんか、商品でも選ぶかのような選択基準だよね」

引き取られてからしばらくしてこの話を聞き、帆高は納得した。だから新しい両親は帆高の言葉に耳を貸してくれないのだ。どことなくよそよそしいのは遠慮しているせいではなく、愛情を傾ける気など初めからなかったから。

こんな関係で死人が出たなんて馬鹿げた話を始めたら、一緒に寝てもらえるどころか疎ましく思われるに違いなかった。

「……っ、とにかく、ここには来るな」

リオンが帆高から目を逸らす。

「どうしても駄目なの？」

「駄目だ。……同情を買おうとしても無駄だぞ。俺には関係ない話だからな」

帆高は口を閉ざした。

そうか、駄目なのか。そうだよね。関係ないもんね。

立ち上がったリオンが跳ね上げ戸を開け、帰れとばかりに顎をしゃくる。なんだか哀しくなってしまい、帆高はのろのろとスクールバッグを引き寄せた。押入の中に飛び下りると、上から戸が閉められる。

「……そんなに嫌わなくてもいいのに……」

この間、リオンは守ってくれると言った。でも、後でよく考えてみたら、帆高はリオンのことを何も知らなかった。そのせいで、ふっと不安になった。

この人はどうやってあれと戦うつもりなんだろう？　幽霊みたいだったけれどあれと対抗する方法を知っているのだろうか？　知っているならなぜ今までストーカーを撃退できなかったんだろう？

疑うつもりはなかった。ただ不安を消したくて、お喋りしにきた。それとなく色々聞いて、安心したかったのに、今は来る前より不安になっている。

リオンは本当にキーツから守ってくれるのだろうか。

帆高はとぼとぼと家路を辿る。

# 六、十二日目

夢を見た。

黒魔術の夢だ。

月のない夜の中、ぱちぱちと篝火《かがりび》が燃えている。円形に配置された篝火の中央には白くて平たい岩があり、その上で角のある獣が腰を振っていた。牛のように大きく山羊《やぎ》に似た姿をしているのにどことなく人間めいた、現実には存在しない獣だ。

岩は丘の上にあり、麓《ふもと》に立つ帆高からは何が行われているのかよく見えない。でも、黒っぽい体色の獣の下から伸びて揺れている白いものは、少女の足のように見えた。

生《い》け贄《にえ》の泣き叫ぶ声が岩を囲む森に響く。

岩の周りには足首まである長い法服のようなものを来た男が何人もいるのに、誰一人蹂躙《じゅうりん》されている少女を助けようとしない。

近くには誰もいないと思っていたのに、すぐ後ろからぐちゃりと何か――腐った肉の塊《かたまり》が落ちるような音が聞こえ、帆高は躯を強張らせた。

――生け贄が無垢《むく》であればあるほど冒涜《ぼうとく》の悦《よろこ》びは増大するのだよ。

耳に息がかかるほど近くから囁きかけられ、心臓が止まりそうになる。忌まわしいものが後ろにいると本能的にわかったが、躯はぴくりとも動かない。

——だから私たちは処女を求めた。だが、君のようにいたいけで可愛らしい少年なら、充分役に立ちそうだ。

背後から伸びてきた男の手に躯をまさぐられ、帆高は身震いした。男の手には性的な意図が感じられた。

気持ち悪い。

制服の白いシャツがズボンの下から引っ張り出され、直接膚に触れられる。

触れられた場所から穢《きたな》いものが染みこんでくるような気がして、帆高は見えない拘束《こうそく》から逃れようと力んだ。

丘の上の岩はいつの間にか白いだけではなくなっている。側面を伝い落ちてゆく粘ついた黒っぽいものは血だろうか。

男が帆高に頬ずりし、角のある獣が咆哮《ほうこう》した。

少女の断末魔《だんまつま》が遠い山々に反響し、闇が禍々《まがまが》しさを増す。ねっとりと凝縮《ぎょうしゅく》し、男のおこぼれに預かろうと、帆高の足下から這《は》い上がってくる——。

——————！

唐突に夢から解き放たれた帆高は悲鳴を上げた。

目の前に父の顔があった。

「あ……」

震えながらベッドの上を後退《あとずさ》ると、父が曲げていた躯を伸ばす。

「どうした、魘《うな》されていたぞ？　悪い夢でも見たのか？」

優しげな声がひどく薄気味悪く聞こえた。

「う、うん……」

「どんな夢だ？」

そう問う父の口元には淡く笑みさえ浮かんでいた。恍惚《こうこつ》とした眼差しは帆高を心配しているようには見えない。

帆高はふるふると首を振った。

「わ――わかんない……覚えてない……」

性的な言葉を父の前で口にしたくなかった。嘘をついて誤魔化《ごまか》すと、父はつまらなそうな顔をした。

「そうか。残念だ。おやすみ」

「おやすみなさい……」

廊下から差しこんでいた光が細くなって消える。帆高は事務椅子を動かして扉の前に置いた。誰かに開けられたら物音がするように。

それから汗でじっとり湿ってしまったパジャマを新しいものに取り替えた。

父は何をしていたのだろう。

魘された声を聞きつけて、様子を見に来たんだろうか？　それから？　起こしもせずに見ていた？

――逆なんじゃないだろうか。

帆高は己の躯を抱いた。躯をまさぐられた感覚は異様に生々《なまなま》しく、なめくじが這った後のように汚い残滓《ざんし》が膚の表面に残っているような気がした。――現実に触られていたのではと、疑ってしまうほどに。

そんなこと、考えては駄目だと思う。あの人は帆高の『お父さん』だ。そんなことをするはずがない。

――だが、彼らは容姿を気に入って、帆高を養子にすることに決めたと言っていた。幼かった帆高ももう十三歳、躯も大人に近づきつつある。

――お父さんが触ったから――だから僕はあんな夢を見たんじゃない？

帆高は頭まで毛布にくるまり、クッションを抱き締めた。

こんなことを考える自分は、おかしいんだろうか。

答えをくれる人はいない。

いたずらに思い悩むうちに夜が更けてゆく。

# 七、十四日目

金曜日。入学祝いの食事に行く日が来た。

外食する時、両親は帆高を飾りたてる。学校から帰宅すると同時に風呂に入るよう母に言いつけられ、帆高は素直に従った。

浴室に並んでいるボディソープもシャンプーも恐ろしく上品な香りがするものばかり。毎日きちんとトリートメントまでするよう命じられている帆高は膚も髪も艶々だ。

機械的に作業を進めながら帆高は溜息をつく。

リオンに会いたい。

このところ帆高はリオンのことばかり考えていた。駄目だと言われたから我慢しているけど、話したいことがありすぎて躯中がむずむずする。

一番に話したいのがこの間見た夢の話だった。

あれは帆高の神経細胞が紡《つむ》ぎ出したただの幻？

現実《父》とリンクした悪夢？

それともキーツによるオカルト的な案件？

養父をそんな風に疑うなんておまえはおかしいと罵《ののし》られる気がするけれど、むしろあの冷ややかな眼差しを浴びて一刀両断されれば、このもやもやとした胸の内もすっとするような気がする。

「リオンは黒魔術で悪いことをしていたキーツを捕まえたって言ってたよね――」

あれ？

説明を聞いた時に引っかかったのが何か唐突に閃き、帆高は曇った鏡の中の己を見つめた。

「キーツを倒したのって大昔のことなんだよね？」

ご主人様の先祖の時の話だとリオンは言っていた。

「それなのに、何でリオンが呪われてるんだろ？」

伝え聞いた話をしている風には聞こえなかった。リオンはまるで自分の目で見てきたことのように話していたのだ。

「だから変だって思ったんだ、きっと……」

少しスッキリしたけれど、謎は逆に深まった。うんうん考えこみながらバスルームの戸を開け、閉める。

洗面所に母がいた。

「……な、何してるの？」

曇りガラス越しに聞いてみる。母は平然と答えた。

「あなたの支度の手伝いをするため待っていたのよ。こっちにいらっしゃい、帆高」

手伝い？　何でそんなものが必要なんだろう？

不思議だったが両親には絶対服従だ。

帆高は細く開けた戸の隙間から渡されたタオルで急いで躯を拭き、腰に巻きつけた。おずおずとバスルームから出ると母が目を細める。

「じっとしてなさい」

母に、肩から腕、それから足まで甘ったるい匂いを放つオイルのようなものを塗《ぬ》りこめられる。何のためにこんなことをするんだろう。

「お母さん……？　男子がこんな匂いさせてたら、変じゃない……？」

遠回しに厭だとほのめかしてみるが、母には伝わらない。

「大丈夫よ。あの方はこの匂いが好きなの」

「あの方って、誰……？」

母は答えない。

今日予定されているのは単なる入学祝いの食事じゃないのだろうか？

今日のために用意された新しい服は決して安くなさそうな三揃えだった。ネクタイには有名なブランドのマークが入っている。まだ成長期ですぐ着られなくなるに決まっているのに、なんてもったいないことをするんだろうと思いつつ、帆高は黙って袖を通した。

髪も母の手によってフォーマルに整えられる。いつもと違って額が出ているのが落ち着かなくて、帆高は何度も頭に手をやってしまった。

待ち合わせ場所までは電車で移動した。ターミナル駅で落ち合った父は無表情に帆高を一瞥《いちべつ》すると、これ見よがしに腕時計のガラスを指先で叩いた。

「五分、遅刻だ」

「ごめんなさい。支度に時間がかかって」

「もう時間だ。行くぞ」

父は相変わらず目の下に隈《くま》を浮かせたまま、無表情に人波を渡ってゆく。父からはぐれないよう必死に歩いていた帆高がふと気がつくと、さっきまで大勢いた人影がなくなっていた。左右には灰色の壁がそびえ立ち、豪壮な家々が奥に見える。

あれ？

中学生になったばかりの帆高は両親につれられて行ったところ以外ほとんど知らない。でも、なんだか変だと感じた。まだターミナル駅近くである。店がぎゅうぎゅうに密集しているのが当然なのに左右に見える家々は遠く、それぞれが信じられないほど広い敷地を有しているようだ。父は迷いなくその一つに入ってゆく。

映画に出てくる貴族の邸宅のような威容に帆高は圧倒された。明らかにいつもとは空気が違う。ここがレストランなのだろうか？

父が入り口に近づくと、クラシカルなお仕着せ姿の男が恭《うやうや》しく頭を下げて扉を開き、別の男が食事をする部屋へと案内してくれた。

他に客がいる様子はない。

食事は暖炉《だんろ》のある食堂で供された。燭台《しょくだい》は電球を使ったまがい物ではなく、蝋燭《ろうそく》が燃えている。シャンデリアも同様だ。

運ばれてくる料理はおいしかったけれど、建物が石造りであるせいかなんだか薄ら寒くて落ち着かなかった。

コースの終わりのデザートは別の部屋に用意されているらしい。母が化粧直ししてくると言うので、帆高は父と二人で先に部屋に入る。

壁にずらりと本棚が並んだ部屋の中央、樫《かし》材のローテーブルに、ザッハトルテとティーセット、それからブランデーのグラスが用意されていた。こんな店は初めてで物珍しく、帆高は本棚に駆け寄り背表紙を眺めてみる。

本はすべてハードカバーで中には革装のものまであった。日本語どころか英語でもない文字が背表紙の上に踊っている。

「こっちに来なさい」

振り向くと、白壁の一面がスクリーンになっており、華やかなドレスを着た少女が首筋にキスされるところが映っていた。モノクロに近い世界に落ちた赤い滴《しずく》を見て、帆高はキスではなく血を吸われているのだと気がつく。

ちらつく光に映し出された父の顔は知らない人のように見えた。示された場所――ソファの父の隣――に腰を下ろすと、驚いたことに肩を抱かれる。

「ひえ……っ!?」

とっさに廊下の方を振り返ってみるが、母が戻ってくる気配はない。それどころか控えていたはずのスタッフの姿も消えている。建物の中はしんと静まり返り、帆高たち以外には誰もいないかのようだ。いや多分、本当にいないのだ。

父が帆高のうなじに顔を寄せる。

「いい匂いだ。――この映画を知っているか?」

促され改めて見上げたスクリーンには、ちょうどヨーロッパの古い町並みが映し出されていた。大勢の人が行き来しているが、皆陰鬱な顔をしている。

「吸血鬼のお話だよね」

「おまえが生まれる前に作られた映画だ。美しいだろう?　重厚な石造りの家々、赤々と火が燃える暖炉。この頃の女たちは実にエレガントな姿をしている」

エンパイアスタイルのドレスを纏った女が、画面の中を走ってゆく。

「タフタのドレス。小さなパラソル。鳥の羽根で装飾されたボンネット。不潔だと今の時代の者たちは言うが、彼女たちのうなじに鼻を寄せるとむせ返るような生の匂いがした。

ああ、それからこれなくしてはこの時代は語れないな。黒死病だ……」

気をつけてみればあちこちにちょうど人くらいの大きさの塊が転がっていた。

大勢を殺した伝染病。恍惚とした表情で不吉な名を舌に乗せる父から思わず身を引こうとしたものの乱暴に引き戻され、帆高は父の横顔を見直す。

「ヴァンパイアは好きか？」

父はやけに饒舌だ。まだ体調が悪く青白い顔をしているのに、目元だけいやに赤く上気させている。

「……この映画に出てくる人たちは貴族的でかっこいいよね」

父が舌打ちした。

「くだらん、貴族的だと？　あれは怪物《モンスター》だ。人の命《エナジイ》を糧に永久に生き続けるさもしい犬。死人より穢《けが》らわしい」

下品に歪められた顔を、帆高は静かに見つめる。

「あなた、誰？」

──父はこんな顔をしない。今目の前でべらべら喋っている男は父ではない。

数度瞬いた父の目がすうっと細められた。口角が上がり、悦に入った笑みが浮かぶ。

「誰だと思う？」

帆高は用心深く周囲に視線を走らせた。

「キーツ？　お父さんに——取り憑《と》いた？」

「ご名答《めいとう》」

帆高は肩を抱く手を振り払おうとしたが、キーツが逆に腕に力をこめたせいで果たせなかった。帆高はもがいた末、息を弾ませて躯を密着させてくる男を睨みつける。

「なんでこんなことするの？　お父さんの躯を使って、黒魔術でもする気？」

父の肉体を支配した男が頭を反らし哄笑《こうしょう》した。

「黒魔術！　そうだな、私は不滅だが、力《エナジイ》を補給する必要がある。だが、私がこれまで何十何百という生け贄を屠《ほふ》ってきた第一の理由は、楽しいからなんだよ。堅く守られた地に忍びこみ、目当ての獲物を攫《さら》うスリルときたらない！　蹂躙される清らかな乙女が上げる悲鳴と苦痛に歪んだ顔はこの上なく私を満たしてくれる」

父の手が帆高の顎を掴んで自分の方を向かせる。濁った目に帆高が映った。

「おまえは男だが、無垢で美しい。充分私を満足させてくれそうだ。——ああ、心配しなくてもすぐには殺さん。犯しながら少しずつ削っていってあげよう。まずは手と足の指。性器、耳、鼻。眼球をえぐるのが一等好きだが、これは最後にしないとすぐ心が壊れてしまうからな」

乱暴に引き寄せられ、膚に熱く湿った息を感じた。

「いやだ、放して！」

とっさにテーブルに載っていたポットを掴み父に叩きつけると、陶器が粉々に砕ける。降り注ぐまだ熱いお茶にさすがに拘束が緩み、今がチャンスだと勢いよく立ち上がったものの、誰かに足首を掴まれた。

帆高は思わず悲鳴を上げる。

手はソファと床の間の十センチほどの隙間から生えていた。緑がかった灰色に変色しており、指が二本欠けている。キーツの犠牲者だろうか。酷い目に遭わされた上、死んだ後までこんな風に冒涜されている——?

衝撃から立ち直った父がゆっくりと顔を上げた。

一昔前の出来の悪い心霊番組のように父の顔に洗面所で会った化け物の顔が重なって見え、帆高は戦慄《せんりつ》した。

逃げなきゃ。

気持ち悪いから触りたくないだなんて言ってられない。手を引っ剥がそうと悪戦苦闘する。だが、目的を果たす前にキーツが掴みかかってきた。

ふわりと躯が宙に浮く。次の瞬間、襲ってきた衝撃に息が詰まった。キーツにテーブルの上へと投げ落とされたのだ。

「いいぞ、最高だ!」

テーブルの端にあったブランデーグラスを取り一息に呷《あお》ると、キーツはグラスを投げ捨てた。景気よくガラスが割れる音に、帆高は身を竦ませる。

屋敷は相変わらず静まり返っており、リオンが来てくれる気配はない。

当然だ。ここは幽霊屋敷どころか自宅からも遠い。きっとリオンは帆高がこんな目にあっていることにすら気づいていない。

──助けてくれるって言ったのに。

でもなんとなく、こうなるような気はしていた。

だって帆高はリオンにとって、なんら特別な存在じゃない。

助けることにしたのはご主人様の口添えがあったから。オトモダチになる気はないと言っていたし、きっと帆高が死んでも、そうかと思うだけだ。

リオンに限らず、帆高がいなくなったところで哀しむ人などいないのかもしれない。

テーブルの下から延びてきた手が帆高を拘束する。上着もベストもボタンを引きちぎられ、シャツはキーツの手によって破られた。

嘲笑《ちょうしょう》しつつキーツが淫猥《いんわい》な手つきで太腿を撫で上げる。足が左右に割り開かれ、その間に膝立ちになった父が割り入った。

ズボンの前をくつろげようとしているのを目にした帆高は唇をわななかせる。

この男は、本当に父の躯を使って帆高を犯す気なんだろうか。

「……やめて」

キーツがくつくつ笑った。

「別にいいだろう？　どうせ本当の父親じゃない。おまえだってこの男を父親だとは思ってなかったし、この男もおまえを息子だなんて思っちゃいなかった。それどころかこの男はおまえに触りたいと思っていた。こんな風にな」

腕の一本に股間をなぞり上げられ、帆高は頭を殴られたようなショックを受けた。

「嘘だ……」

嘘？

帆高の中にいる、もう一人の帆高が嘲笑《あざわら》う。自分でも疑っていたくせに、何を言っているのと。

その通り、帆高は疑っていた。

でもそんなの単なる妄想で、間違いだったというオチがつけばいいと思っていた。

だって本当だったら、もう家族でなんかいられない。それでは何のために『いい子』にしてきたのかわからない。

「ふ……っ」

――罰が当たったのかな。僕が偽物の『いい子』だったから。

いまだにことあるごとにパパとママのことばかり考えているから、どうしても父と母を親と慕《した》うことができなかったから。

今の父と母は帆高に帰る家を与えてくれたのに。

「嘘なものか。おまえの父親は外面こそ綺麗に取り繕っているものの、身勝手で己の欲望に忠実だ。おまけに裕福で色んな楽しい遊びを知っている。人の世を楽しむにはもってこいの僕《しもべ》だな」

「……やめて」

もがいてももがいても絡みつく僕《しもべ》の手が振り払えない。視界が滲み、今にも涙がこぼれおちそうになった時――獣の素早さで父が横を向いた。口角が悪魔のように吊り上がったと思ったら、帆高の上から消える。

――え？

何かが破壊される轟音《ごうおん》が高い天井に反響した。磔《はりつけ》にされたまま頭を持ち上げると、床の上で取っ組み合う二人の男が見えた。

金色の光が残光のように目の奥に残る。

――リオン？

嘘だ。来るはずない。信じられなくて帆高は何度も瞬く。でも、見間違いではなかった。あの模造刀を腰に差したリオンが暖炉の前で父に組み伏せられている。

「はは、ようやく小僧を助けにきたか。待っていたぞ、リオン」

ちっと舌打ちしたリオンの上腕の筋肉が盛り上がった。床に押さえつけようとしていた父の腕が徐々に徐々に浮き始める。最後にブーツで腹を蹴り上げられると、父は暖炉に背中を打ちつけた。だが、父は痛がる様子もない。初めからそのつもりでいたかのように飾ってあった火掻き棒を掴む。

そうして父はにんまり笑った。

「猫の死体は気に入ったか？」

険しくなったリオンの表情に帆高ははっとする。ご主人様は言っていた。可愛がっていた猫が惨殺されたと。

「やはりあれは貴様《きさま》の仕業《しわざ》か」

「ちっぽけな可愛い子猫。にゃあにゃあ蚤《のみ》だらけの躯を擦りつけられて媚《こ》びられて、癒されたかね？」

笑いながら猫の鳴き声を真似る父の眼鏡が照明を反射して白く光る。

「この子を庭に放りこんだのも貴様だな？」

「ははは。君に関わるもの全てを惨い目に遭わせてやろうと手ぐすね引いて待っているのにあんな襤褸《ぼろ》屋敷に引きこもっているからオトモダチを作ってやったんだよ。楽しかっただろう？　ピーチクパーチク、小鳥みたいに朗らかな子につきまとわれて。仏頂面《ぶっちょうづら》で隠しているが、君は子供好きだからなあ。見ていて実に笑えたよ、怒った振りして雨の中、この子を放り出した三文芝居《さんもんしばい》！」

「黙れ」

リオンが模造刀を抜き、キーツに斬《き》りかかる。帆高は必死にキーツの言ったことを咀《そ》嚼《しゃく》しようとしていた。つまり――つまり、公園から急に幽霊屋敷に行ってしまったのは、キーツの仕業だった？　崖から突き落とした手も、キーツのもの？

「おやおや、この子の前で父親を斬り殺す気かね？　部屋中血だらけにして私が去った後、何が何やらわからず混乱したまま息を引き取る父親の姿を、この子に見せる？」

リオンがぎりりと奥歯を噛みしめる。そして帆高も理解した。自分たち一家がリオンの重荷になっていることを。キーツを攻撃すれば、ダメージを受けるのは帆高の父だ。

――待って。これって詰んでない？

これでは攻撃のしようがない。

でも、リオンに引く気はなかった。

「そんなミスは犯さない。何度でも教えてやる。貴様は決して俺に敵わない」

不利な局面にあるというのに、リオンは自信満々だった。約束通り帆高を助ける気でいるのだ。

帆高はリオンを信じていなかったのに。怒らせて、迷惑だとまで言わせてしまったのに。

鞘《さや》から抜き出された刀身がきらりと光る。息を呑む鋭さで打ちこまれた刀を、キーツが火掻き棒で受け止めた。きん、と澄んだ音と共に鋼《はがね》に負けたのだろう、模造刀の刀身が欠けて目の前に飛んでくる。

それでもリオンがソファを木の肘掛けごとすっぱりと切り裂いてのけるのを見てしまい、帆高は全身が粟立つほどの衝撃を受けた。

模造刀なんかじゃない。これ、真剣だ——。

だが、刀はひどく傷んでいた。斬り結ぶたびに刃は欠け、ひびが広がり、ぼろぼろになってゆく。

このままでは折れてしまうかもしれない——そう思った時、ぱきんとあっけない音を立て、刀が根元近くで折れた。

キーツの目が帆高へと向けられる。振り上げられた火掻き棒が自分を狙っているのに気がつき、帆高は目を見開いた。鉄棒の先端には鉤型の突起がついている。あれを叩きつけられたらただではすまない。

風を斬る音がした。それから、どすっという硬いものが肉に食い入る酷い音が。

でもどうしてだろう、痛くない。

生あたたかい液体がぽたぽたと落ちてきて帆高を濡らす。

リオンの血だ。

帆高の上には、リオンが覆い被さっていた。

——嘘……。

低くうめき、リオンが背中に突き刺さった火掻き棒を掴む。そこから先はまるで、踊っているかのようだった。

火掻き棒を取り戻そうとするキーツの背後に、リオンが体を返して一瞬で入りこむ。膝裏を蹴ってキーツががくんと膝を折ると、リオンは後ろからその顎をすくうように掴んだ。晒された首筋に、いつの間にか長く伸びたリオンの牙が食いこんでゆく。

ゴシック映画の再現のようだった。

びくびくと父の躯が痙攣《けいれん》する。首筋から細く流れる血が、ワイシャツの襟を赤く染め始めた。背後から抱きしめるようにして父の血を吸うリオンの姿はとてつもなく恐ろしいのに、ぞくぞくするほど魅惑的だ。

やがて満足したらしいリオンが牙を抜き、帆高を見下ろした。

「こいつ、殺すか？」

ぶっきらぼうな伺いには本気の響きがあった。

父は意識を失っているようだ。邪魔な手もいつの間にか消えている。

惚けている帆高に、リオンは眉を顰めた。

「おい……？　……大丈夫か？」

声がいつもよりほんの少しやわらかい。帆高を気遣ってくれているのだ。そう気づいてしまった刹那、何かが躯の奥底から一気に押し寄せてきて——帆高は決壊《けっかい》した。

た。

「う……ふぐ……っ」

ぽろぽろと涙が溢れる。帆高はふらふらとテーブルから下り、リオンの腰にしがみつい
抱きつかれたリオンが硬直する。

「……け、怪我でもしたのか……？」

リオンの背中に顔を押し当てたまま、帆高は首を振った。

「……ではどうして俺のところに来る。俺が人でないとわかったのだろう？　怖く、ない
のか？」

帆高が再び首を振る。怖くなんか全然ない。むしろくっついていると安心する。

リオンが掴んでいた父の躯を放した。父が荷物のようにどさりと床にくずおれると、空
いた手でぎこちなく帆高の肩をぽんぽんと叩いてくれる。

「泣くな」

火に油を注ぐようなものだった。

帆高は嗚咽《おえつ》を押さえこむことすらできなくなり、号泣した。

「ご……ごわがっだ！　ごわがっだよう、うわあああん！」

「泣くなと言っているのに、なぜ悪化するんだ……」

リオンは溜息をつくと、顔を真っ赤にして泣く帆高の膝裏をひょいとすくい上げた。そ

のままソファに腰を下ろす。膝に座らされた帆高の胸が切なく疼《うず》いた。

──パパやママもよくこうやってだっこしてくれた……。

赤ちゃんみたいで気恥ずかしい。でも、涙はまだ止まらない。もそもそと動いて広い胸に顔を埋めると、リオンがさっきまでの猛々《たけだけ》しさからは想像もつかない優しさで背中を叩いてくれる。

ゆっくりとしたリズムに、高ぶっていた気持ちが収まってゆく。

考えてみれば、パパとママが死んでから大声で泣いたことなどなかった。

怖かったからだ。もうどんな敵意からも帆高を守ってくれるひとはいない。ひとりぼっちになりたくなかったら、誰にでも好かれるようにいい子でいなければならない。そう思ってたから。

でも、この人は帆高のことを怒っていたのに、見捨てなかった。

──帆高がいい子でも悪い子でも愛してくれたパパとママみたいに。

散々泣いてようやく涙の勢いが衰えてきたころには、リオンの上着はぐっしょり湿ってしまっていた。

「気がすんだか」

帆高は頷く。実際、憑き物が落ちたようにすっきりとした気分だった
「うん……あの、ごめんなさい……。リオン、怪我、してるのに……」

「怪我、か。もう治った」

「治った？」

帆高はいきなりリオンの上着の裾を掴みめくり上げた。血に汚れた背中を探ってみるが、確かにあるはずの傷口がない。そして上着に空いた穴は、ちょうど心臓の上に位置していた。まるで火掻き棒の突起が突き刺さったかのように。

こんなに血が出てるのに、傷一つないなんて……？

まじまじと見つめる帆高の視線の先、リオンが苦く笑う。

「俺は死ねないんだ。……キーツに心臓を貫かれれば呪いの力で死ねるかと思ったんだがな」

「死ねるかと思った……？　何、それ。まさか死にたいなんて思ってないよね……？」

リオンの目が遠くを見つめる。

「何百年も生き続ければおまえにも俺の気持ちがわかるようになるだろう」

――リオンは何百年も生きているってこと？

すぐ治る傷。首筋にたてられた牙。そういえばキーツはヴァンパイアを悪《あ》し様《ざま》に罵っていた。つまり、

「リオンはヴァンパイア？」

リオンがすっと目を逸らす。

「……そんなようなものだ」

「ヴァンパイアって、心臓に穴が空いても死なないものなんだっけ？」

物憂《ものう》げに首が振られた。

「普通は死ぬ。なぜ死ねないのか、俺にもわからん」

「そっか……。でも、死なないなんていいなあ」

「何を馬鹿なことを」

忌々しげに吐き捨てられたけれど、帆高にはやっぱり羨《うらや》ましいばかりだった。

「パパとママもリオンみたいにヴァンパイアだったらよかったのに。そうしたら、きっと今も一緒にいられた」

「……」

「ああいうのがいるってことは幽霊もいるのかな？　いるならどうしてパパとママは会いに来てくれないんだろう。僕、ずっと待ってるのに」

幽霊でも会いたかった。でも、パパもママも来てくれなくて、帆高はこう自分を納得させるしかなかった。

幽霊なんかいないんだって。

リオンの唇がきつく引き結ばれる。同情を買おうとしたわけではないけれど、また不快に思われてしまったのだろうか。

「ええと、ヴァンパイアに噛まれたら、ヴァンパイアになるって話は本当？」

「……本当だ。ただ、そうしないこともできる。おまえの父親については支配権を書き換えただけだから、ヴァンパイアになるということはない」

「リオンの眷属《けんぞく》になったってこと？　じゃあ、お日様の下に出られなくなったり、何か障害が残るなんてことは――」

「ない。最低限の干渉しかしていないから、今までと何一つ変わらない生活を送れる。俺が死んだら完全に元に戻る」

ほっとしてソファの背もたれに寄りかかると、リオンは不思議そうな顔をした。

「おい。この男を始末しなくていいのか？　キーツのことがなくても、こいつはおまえを愛人にするつもりだったんだろう？」

「そんなの、わかんないよ……」

キーツの言ったことが本当だったとは思いたくなくて、帆高はボタンの飛んでしまったシャツの前をもそもそと掻き合わせる。

「それに、お父さんが死んじゃったら僕はまた施設に戻されちゃうかもしれないし。眷属になったってことは、もうお父さんは僕に酷いことをしないんでしょう……？」

「それは保証する」

「なら、いい」

何もなかったのだ。

父は帆高を犯そうとなんかしなかった。あれは全部キーツのせいで父は関係ない。今後帆高が脅《おびや》かされる可能性が摘まれたなら、これが真実。

しっかりと掴んだままのリオンの肩に寄りかかると、奇妙な生き物でも見るような目が向けられた。

「離れろ。もう落ち着いただろう。俺は帰る」

「えー！　こんな状況で置いてかれても困るよ。お父さんはこんなだし、お母さんはいないし……僕、どうすればいいの？」

「大丈夫だ。――おい、起きろ」

倒れていた父がぴくりと反応した。ゆっくりと上半身を起こし、曲がっていた眼鏡を直す。

もしかしたらリオンの操り人形のようになってしまったかもしれないと心配していたのだが、父は人間くさい動作でその場にあぐらを掻くと服の埃を落とした。

「不具合は？」

「明日あたり、筋肉痛になるような気がしますね。あとは打ち身が少しあるだけで、問題になるような怪我はありません」

「首は……噛まれたところは、痛くないの？」

おそるおそる尋ねる帆高に、父は襟を引っ張って首筋を見せる。

「ああ、痛くも痒くもない」

「母親はトイレだ。閉じこめてある」

膝から下ろそうとするリオンに帆高は抵抗した。

「待って。お母さんも噛んで」

薄い青が揺れる。

「……おまえ、自分が何を言っているのかわかってるのか？　俺は人間じゃないんだぞ？」

「でも、お母さんは『あの方』のために僕を着飾らせたんだ。『あの方』ってキーツのことだよね？　お父さんのことはいつもは『正志さん』って呼ぶもの。お母さんもキーツに何かされているんだ」

帆高は一呼吸置くと、真剣な顔になった。

「お母さんからあの腐肉の臭いを消して」

リオンの表情が引き締まる。

スクリーンの中では人に非《あら》ざるものたちがワルツを踊っている。儚《はかな》く揺れる蝋燭の明かりが照らし出すのは、破滅への道を辿ろうとしている彼らの最後の幸福な時だ。

母の処置をするため立ち上がったリオンを追いつつ帆高は高い位置にある背中を見つめ

る。

リオンは苦痛を厭《いと》わず帆高の家族を助けてくれた。リオンのおかげで帆高はこれから何にも脅《おび》えることなく父と母の子供でいられる。

帆高にとっては聖者の行いだった。リオンの何もかもが帆高には崇高に感じられた。触れることを考えただけで畏れ多い気分になるほどに。

でもだからこそ帆高はリオンの意に背くことを決めていた。

——絶対に死なせたりなんかしない。

この人を失いたくない。ずっと側にいたい。そしてできれば、助けてくれた恩を返したい。

そのためにも、いっぱいいいいっぱい楽しいことを教えて、もう少し生きていたいって思わせないと。

固い決意を胸に、帆高はリオンに続く。扉を叩き騒ぐ母の声が徐々に大きくなってくる。

窓の外では星が消え、キーツという主を失った世界が外側から崩壊しつつあった。

## 八、三年後

魔法瓶には湯気《ゆげ》の上がっているシチュー。

いつも行列ができているお店で買ってきたベーグルに肉厚のスモークサーモンとクリームチーズをたっぷり挟みこんだものと、ハンバーグとレタスを挟みこんだもの。デザートはつきたてのやわらかい餅《もち》にフレッシュな大粒苺《いちご》が入った苺大福。緑茶のペットボトルもちゃんとある。

リオンは知らないが、今日は帆高の十六歳の誕生日だ。

おいしいと思う食べ物を詰めこんだトートバッグを静かに床に置くと、帆高はベッドに忍び寄った。

見下ろした先では、リオンがぐっすりと眠っている。

鎧戸の隙間から細く射しこむ陽光のおかげで、灯りをつけずとも部屋の中の様子がうっすらと見て取れた。ヴァンパイアらしきものなだけあって、昼間、特に天気のいい日のリオンは寝ていることが多い。

かつてはこんなことはなかった。帆高が部屋にあがってゆく前に察知し起き上がっていたのに、最近では最後まで帆高の気配に気づかず眠り続けることすらある。そういう時のリオンの呼吸はひどくゆっくりとしていて、死んでいるみたいだった。鼓動さえも酷く弱く、遅い。まるで冬眠しようとする獣のように。

——間違いない。リオンは少しずつ弱ってきている。

キーツの魔手《ましゅ》から救い出されてから、帆高は熱烈にリオンを信奉《しんぽう》し続けていた。崇拝といった言い方をしてもいい。お供《そな》え代わりの差し入れは欠かさない。リオンはいらないと怒るが、帆高は心得たもので、必ず匂いの強い食べ物を混ぜるようにしている。リオンは自制心が強いが、やはり人とは違って一度食欲スイッチが入ってしまうと己を止められない。

「あんなにがっついて食べるってことは、躯が必要としているってことだよね」

——リオンは死を望んでいる。

必要なのに食事をしようとしないのは、おそらくそのせいだ。飢えることでリオンは緩慢な自殺をしようとしている。

「でも、させない」

ベッドに近づくと、帆高はしゃがみこんだ。横向きになったリオンの顔を息を殺して覗きこむ。

今日もなんて凛々しいんだろう。

しばらくうっとりと見つめていた帆高は、それでもリオンが起きないとなると、ポケットからぽち袋を取り出した。可愛い干支《えと》がプリントされた袋を逆さまにすると、中からきらりと光る金属の薄片が出てくる。

折れてしまったリオンの刀の欠片だ。

帆高は親指のつけねの膨らみにそっとそれを押し当ててから、欠片をぽち袋に戻した。血が溢れ出る傷口を静かにリオンの鼻先に差し出してみる。

ぐうとリオンの腹が鳴った。

思わず緊張したけれど、目を覚ます様子はない。

意を決して傷口をリオンの唇に押し当てると、眠っているのにいきなり両手で掴まれた。半分眠ったまま乳を飲もうとする赤ちゃんのように吸いついてくる。

「あ……」

どくん、と心臓が跳ねた。

こく、とリオンの喉が鳴る。

熱いなにかが傷口から流れこんでくるような感覚に、帆高は狼狽《うろた》えた。

「な……何……?」

躯がかあっと熱くなり、下腹部が疼く。

「あ……あ、嘘……」

傷口を舌で探られた刹那、ひくんと腰が跳ねた。

気持ち、いい。

もし血が必要だったらいつでも捧げるとリオン様に伝えておいてちょうだい——そう言った母の物欲しげな顔の理由を帆高はようやく理解する。父がいやに熱烈に同意していたわけも。父も母も帆高より先に、こうなると知っていたのだ。

——ずるい。

猛烈な嫉妬が胸を灼く。『噛んで』なんて頼まなきゃよかった。キーツの支配から解き放つためには仕方なかったとはいえ我慢ならなくて、帆高は唇を噛む。

「……リ、リオン……りおん……っ」

吐息のような声で囁き、帆高はシーツに顔を伏せた。

全身が火照って汗まで浮いてくる。

下半身に伸びようとする手を、帆高は必死に押しとどめた。

いけない。

リオンにとってこれは食事。

食べている人の前で、自慰《じい》する気？

「あ……っ、あ……っ」

制服のズボンの中ではちきれんばかりに膨れ上がってしまったモノが痛い。

リオンが舌を蠢《うごめ》かせるたび、ぞくぞくと甘い痺れが全身を走り抜け、帆高の理性を堕とそうとする。

「がまん、しなきゃ……がまん、がまん……」

感じては駄目。

イくなんて、もってのほか。

一体どれだけの時間を耐え続けていたのだろう。

リオンがようやく満足して手を離すと、帆高は床にへたりこんで真っ赤に上気した顔を両手で覆った。

くらくら、する。

これは貧血のせいなんだろうか。それとも興奮のせいなんだろうか。

とにかく……今、リオンが目覚めたらまずいどころの話ではない。

最後に心なしか血色《けっしょく》がよくなったリオンを涙目で一瞥すると、帆高は音を立てないよう静かに這って跳ね上げ戸まで行き、部屋から脱出した。

膝ががくがく笑っている。なんとか縁側まで辿り着いた帆高は隅っこに座りこんで膝を抱えた。

「うう……」

なんてことだろう。

こんな風になってしまうなんて予想してなかった。食事をさせたかっただけなのに、寝ている人相手に痴漢行為を働いたような罪悪感が押し寄せてくる。

下着が少し濡れているような気がするけれど、確かめるのも怖い。膝の上に顔を伏せ、下半身が通常業務に戻るまでじっと待つ。

これからどうしよう。

吸血行為を一回で終わらせるつもりはなかった。極力マメに食べ物を差し入れるようにしてはいたけれど、徐々に弱ってきているということは、帆高が運んでくる食べ物だけでは足りていないのだ。その事実に気がついてからリオンがいつか渇いて死んでしまうのではないかと、帆高は気が気ではなかった。

まあ、自分の血が大好きなリオンの一部になればいいななんてリリカルな夢想もちょっとだけしていたけれど。

「でもっ、ぼ、ぼ、勃起しちゃうなんて……！　えっちだ、不潔だ、淫乱だ……」

多分リオンが血を吸う時に否応なく派生してしまう効果なのだろうが、物凄く気持ちよかっただけに背徳感が半端《はんぱ》ない。

「ぼ、僕はリオンのことを心配しているだけで、やましいキモチなんかないし？　きっと蚊みたいに、血を吸うためにリオンが何か出してるんだ、媚薬《びやく》みたいのを。だから反応してしまっただけで、僕がリオンにえっちなキモチを抱いているわけじゃない……絶対に違う……違う……違う……」

でも、帆高自身の欲がそこに一欠片も混ざっていないと、本当に言い切れるだろうか？

――ないことにすればいい。

帆高は潤んでしまった目を伏せ、はふとこの胸の高鳴りは恋に似ている。でも、帆高が最後まで違うと言い切ればそれが真実になる。

父が、帆高に欲情など抱いたことのない『いいお父さん』であるのと同じだ。

帆高はリオンを穢したりしていない。この胸の中には命の恩人へのピュアな崇拝の念しかない。――そうでなければ、この行為はアウトだ。

帆高はのろのろと抱いていた膝を解く。もう不埒《ふらち》な興奮は収まっており、掌の傷も出血していなかった。切れ味がよかったからだろうか、斬れたはずの肉はくっついているようだ。

「そうだ、早く帰って、血を洗い流さないと錆びちゃう……」

トートバッグを秘密の部屋に置きっぱなしにしてきてしまったけれど取りに戻る気にはなれなかった。

誕生日だったのに。リオンとおいしいものを食べて少しでもお喋りできればそれでよかったのに。

帆高はとぼとぼと幽霊屋敷を出る。

晴れた空とは裏腹に、心は不穏《ふおん》な予感に揺れていた。

僕はリオンを本当はどう思っているんだろう――?

――わからない。それに、いかなる想いがあったにせよ、それはもう封殺されなければいけないもの。答えなんか知る必要はなかった。

# 九、八年後、秋

「うっわ、もしかして帆高？　中学卒業以来じゃん。ひっさしぶりー！」

混雑したターミナル駅のカフェテリアの中、陽気な声に振り返った帆高は眩暈を覚えた。満面の笑みを浮かべた青年がぶんぶん手を振りながらテーブルの間を縫い近づいてくる。

「まさか、みのりん？」

青年は寝癖だらけの頭をしていた。

「変わらなすぎて引くんだけど」

中学校を卒業してから五年の時が過ぎていた。その間、帆高は一度も稔と会っていない。稔が遠くへ引っ越していってしまったからだ。最初のうちはメールをやりとりしていたもののいつの間にかそれも途絶え、音信不通になっていた。突然の再会は嬉しいが、変わってなさすぎだ。

「何言ってんだよ。すんごい身長伸びただろ。ほたほたは……恐ろしく艶っぽくなったなー」

無遠慮に正面の椅子を引き腰を下ろした稔に、帆高は眉を顰める。小さかった稔は手も足もひょろりと長くなり、身長は百八十センチを越えていた。帆高もそれなりに身長がある上に頭が小さいおかげでスタイルがいいが、比較すると小さく見える。

「何だよ、艶っぽいって。オネエみたいってこと？」

「確かにほたほたは男っぽいって言うよりは中性的なタイプだけど、そーじゃなくって、何かフェロモン出てる感じ。一言で言うとエロい。もしかして、欲求不満だったりする？」

「……」

「久々に再会した友達に、ゴミを見るような目を向けるのはヤメテ。今、何してんの、ほたほたは」

帆高は広げていた本に栞《しおり》を挟んだ。

「何って、見ての通り、普通の大学生。みのりんは？」

黒いカーゴパンツにブイネックカットソーというラフな服装の帆高と同様に、稔もサルエルパンツに絵の具をぶちまけたような柄のシャツという気の抜けた格好をしていた。

「専門学校生。美術系の」

「へえ、何かすごくみのりんらしい……」

てへ、と稔が照れたように笑う。全体に肉が薄く鼻梁《びりょう》も細い淡泊な顔立ちに、くるくるとよく変わる表情が人懐こい。

だが、ちょっとアホっぽくすらあるこの愛嬌は油断ならない。合コンに連れていったら調子よく場を盛り上げてくれるだけでは済まず、悪気なく女の子を総攫いしてのけそうだ。

「みのりんはこれから時間ある？」

「おう、あるぞ！」

「今、隆也と待ち合わせてるんだ。買い物の後、軽く飲む予定なんだけど、来ない？」

「マジか、行く行くー！」

ノリよく拳を振り上げる稔の姿に、中学生の頃の姿が重なる。懐かしい存在に、眠っていた記憶が海底の砂のようにふわりと掻き立てられた。

いろんなことがあった。

高校に進学してバイトを始めて、何人かの女の子とつき合った。でも、どの子とも長続きしなかった。帆高にはキスのひとつもできなかったからだ。

精一杯お洒落《しゃれ》してグロスで唇をピンクに染めた女の子は可愛いと思うし、やわらかな躯を押しつけられると淡い劣情を覚えなくもなかったけれど、帆高はもっと綺麗で内面も尊敬できる上に無愛想なところもかっこよく無条件に勃起してしまうくらいそそる存在を知っている。そんじょそこらの女の子では触れる気にもなれない。

稔が飲み物を買ってこようと腰を浮かせかけたところで隆也も姿を現した。

「うわ、稔？　おまえ、変わってなさすぎだろー」

こちらは清潔感ある短髪だ。稔がファンキーなハンサムなら、隆也はおおらかな男前といったところだろうか。

「頭だけ見てゆーなよな。隆也、久し振りー！」

稔が大きく両手を広げ隆也をハグしにゆく。まるで欧米人のようなフランクさである。

帆高は読み差しの本を鞄に片づけ立ち上がった。

「行こっか。隆也、稔も誘ったんだけど、いいよね？」

「おー、もちろん」

初めて出会った時、同年代の中では一番大きかった隆也は思いの外伸び悩んで今では稔より少し小さいくらいだった。その代わり躯にはしっかりとした厚みがある。よく見ると少し怖いくらい顔立ちが整っているのに、のんびりとした話し方と力の抜けた笑みのおかげで誰からも好かれる。

カフェを出ると、帆高は裏道へと折れた。どんどん寂れてゆく景色に、稔が首を傾げる。

「なあ、どこ向かってんだ？」

「着いてのお楽しみ」

「何だよそれー。もしかして言えないの？　てことはえっちな店？」

完全に普通の住宅街と化してしまった通りにぽつんと見えてきた看板には、古物商と記《しる》されていた。帆高が店の前で脚を止めると、稔が両手を腰にあててウィンドウを覗きこむ。

「渋いなー！　骨董品《こっとうひん》とか好きだったっけ？」

帆高は曖昧な微笑みを浮かべ店内に入る。あらかじめ連絡を入れてあったので、すぐに希望の品を見せてもらえた。

「おー、日本刀か。買うの買うの？」

興味津々《しんしん》の稔に煽られつつ、帆高はじっくりと刀身を眺める。綺麗だとは思うがいいのか悪いのかさっぱりわからない。

礼を言って店を出ると、稔がつまらなそうに唇を尖らせた。

「なんだー、買わないのかー」

「簡単に言わないでくれる。値段見ただろ。大体、どれがよくてどれがよくないのか、見てもさっぱりわからないのに買えないよ」

「二番目に見せてくれた奴とか、いい感じだったけどなー。てゆーか、その前にどういう基準で探してるんだ？　どこの流派がいいとかないの？」

来た道を戻り、居酒屋に入る。安価が売りのチェーン店だ。テーブル席に案内され、とりあえずビールを注文すると、帆高は深い溜息をついた。

「とにかく安くて質がよければいい」

「何だそりゃ」

早くも先づけの青菜をつつきながら稔が首を傾げる。お手拭きを広げた隆也がふはっと笑った。

「俺も何回かつき合って刀剣見に博物館とか行ったんだけどさー、こいつ、ずーっと隣でわかんねーわかんねーってぶつぶつ言ってんの」

「だってわかんないものはわかんないし。隆也、わかんの？」

「俺にわかるわけないだろー」

あはははと隆也が笑っていると酒が運ばれてきて、三人はジョッキを打ち合わせる。

「自分が欲しいわけじゃないからどうにも難しいんだよね」

「んん？　どういうことだ？」

テーブルの向こうから二人が身を乗り出してくる。ちょこちょこつき合わせてきた隆也にもまだ理由は言ってない。別にさわりくらい話しても支障はないだろうと、帆高はぽつりぽつりと語り始める。

「知り合いで、刀っぽいの持っている人がいたんだよね」

「ふんふん」

「僕はずっと模造刀だと思っていたわけ。だって、本物なんて普通に持ち歩いていいもんじゃないし」

「まあ、そうだな」

「だけど色々あって、僕のせいでばっきばきに折れちゃった。そこで初めて本物だったたって判明して」

「おおお」

「真っ青。弁償しようにも中学生が買える額じゃないし」

「えっ、中学の頃の話なのかよ！」

オーダー用のタブレットをいじり回していた稔が顔を上げて突っこむ。

そう。八年も前の話だ。帆高はリオンがいつも携《たずさ》えていた刀を折らせてしまった。

「一度、貯めたおこづかいで、ネットオークションで見つけたやっすい刀買って渡してみたんだけどさー」

刀剣としては安かったが、中学生にとっては高い金額だ。

それでも買って持っていくと、リオンは珍しく自分から寄ってきた。もっとも高揚《こうよう》していたのは、刀を手にとって、抜いてみるまでの短い間だったが。

「はっきり言われた。こんなナマクラもらってもどうしようもないって。金を無駄にするなって。だから次こそはアタリ引くために勉強してるんだけど、わかんないんだよね」

料理が運ばれてきて、皆で水餃子《すいぎょうざ》をはふはふ言いながら頬張る。

「本人に選んでもらえばいいんじゃないか？」

「引きこもりで家から出る気ないっぽくて。それに、そんなことしなくていいってすでに拒否られてるし。あー、あの刀どれくらいいい奴だったんだろー」

ボロボロだったけれど、リオンにとっては大切な品だったのだと思う。そうでなければあんな状態の刀を常に身の回りに置いたりしない。

本気で思い悩んでいるのに、稔も隆也もげらげら笑っている。

「刀持ち歩いてるニートって中二病発症してそうだなっ」

「折ったって何したんだ？　試し斬り？」

帆高は半眼になると、二人の皿の上でタバスコの瓶を逆さにした。

「俺の水餃子！」

涙目になった二人を、帆高はつんと顎を上げて見下す。

「僕の命の恩人の悪口言うのが悪い」

「え、どゆこと!?」

「中学の頃ってことは、俺たちの知ってる奴か？」

「ううん」

噂話だけでなら知っているが、実物は知らないはずだ。あまり突っこんで聞かれても面倒なので、帆高はのらりくらりと言葉を濁すことにする。

「どんな奴なんだ？」

「どんなって……日本人じゃない。金髪で青い目してる……」

「昔よく覗きに行った幽霊屋敷の幽霊の特徴とかぶるな」

鋭い。

「……そ？」

だが、幽霊屋敷に住んでいるなんて言うわけにはいかない。人間ではないこともだ。

問題なさそうな事柄のみ拾い上げ、思いつくまま口にしてみる。

「ハイブランドのモデルやってそうな超絶イケメンなんだ。無愛想だけど、猫と遊ぶ時だけはちょっと目が優しくなる」

隆也が目を見開き、へえと微笑んだ。稔も頬杖を突き、まじまじと帆高の顔を見つめる。

「何？」

「いーやー？　そいつのことを話すほたほたの目も、蕩《とろ》けんばかりに優しいなーって思って」

帆高は鼻に皺を寄せた。

「だって恩人だし」

それから話題は離れていた五年間の近況報告へと移った。帆高と隆也は家が隣だったから別の学校に進んでも交流があったが、稔は別だ。それに稔のこれまでの歩みは、中学まで預けられていた祖父の家から田舎の両親の家へと引っ越したり、ヨーロッパ留学したりと波瀾万丈《はらんばんじょう》だった。

「芸術家肌ってゆーかさ、俺の親は農業しながら粘土《ねんど》こねてるし、叔父叔母は音楽家だし、医者やってたじーちゃんも骨董品の収集してたしで、変なの多いんだよ、うちの家系って」

「まー、おまえも見た目変わってるしな」

「朝起きたら髪くらいときなよ」

「今は俺の髪のことなんてどうでもいいだろー」

他愛《たわい》のないことでげらげら笑い合いながら、酒を飲み干す。

連絡先を交換してまた飲みに行こうと約束し合い、三人は店を出た。居酒屋はビルの三階にある。エレベーターが来ていたが他の客でいっぱいだったので、ほろ酔い気分の三人は階段を下りることにした。

狭い空間に三人分の足音が反響する。二フロア下りたところで、隆也があれ？　と声を上げた。壁に『2』という文字が書いてある。三階から下りてきたのだと思っていたが、四階だったのだろうか。

やべ、俺、思ってた以上に酔ってんのかもと肘でつつき合う隆也と稔の口を帆高は後ろから手を伸ばして塞ぐ。

各フロアで営業しているはずの店の喧噪《けんそう》や外のパチンコ店の音が聞こえない。

「なあ、何かやけに静かじゃね？」

異様な雰囲気に気がついたのか、振り返った稔はわくわくした顔をしている。稔は幽霊屋敷に入ると異常にテンションがあがるタイプだ。

「下りよう」

隆也が帆高の手首を掴み、階段を下り始める。踊り場を回ると、正面にまた『2』の文字が見えた。

「ループしてる！」

「何で嬉しそうなんだよ！」

「待って。本当にただループしてるだけだと思う？」

階段の照明が暗い。ワンフロア下の電球などはちらつき、今にも消えそうだ。

「なあ、一旦店に戻ってみないか？」

隆也がいつもと同じのんびりとした声を発する。

ワンフロア登り、扉から中に入ろうとして、帆高は二人のシャツを掴んで止めた。賑やかだったはずの店は静まりかえっていた。店内へと続く廊下の先は不自然なほどに暗く、闇へと溶けている。

「――戻るのはやめた方がよさそう」

秋だというのに、冷房のスイッチを入れたかのように冷たい空気が流れていた。この空気には覚えがある。

――悪夢はとうの昔に終わったのだと思っていたのに。

今度は上を試してみようかと視線を上げ、帆高はとっさに後ろへと身を引いた。何かが割れるような音と共に上階の灯りが消える。

違和感を覚えて頬に手をやると、血がついた。飛んできた蛍光灯の破片で切れたのだろう。

「大丈夫か？」

「やばい。滾《たぎ》ってきた！」

「みのりんってこういう時、本当に頼もしいよね」

上方は闇に包まれている。三人は視線を交わし、まだマシと思われる下への移動を開始した。

内心戦々恐々《せんせんきょうきょう》としていたのだが、数フロア下りたところでいきなり一階に辿りつき外に出られて拍子抜けする。

「えー、もう終わりー？」

繁華街らしく大勢の人が行き交う通りを眺め、稔が唇を尖らせた。

「何で残念そうな顔してんだよ。帰れなきゃ困るだろうが」

隆也が突っこんでいるが、のんびりした口調のせいか状況にふさわしい切迫感は皆無《かいむ》だ。

帆高はガードレールに寄りかかり、そわそわと辺りを見回した。怪異から逃れられた理由など一つしか思いつかない。思った通り出てきたばかりのビルの屋上に人影がある。

「――隆也」

「ん？」

人影を凝視したまま、帆高はどこかふわふわとした口調で告げた。

「寄らなきゃいけないところができたから、抜ける」

「いいけど、一人で大丈夫かー？」

「うん。じゃ」

挨拶もそこそこに二人と別れて歩き出す。誰もいない薄汚れた路地を見つけて折れると、帆高はくるりと振り向いた。

「いるんだろ、リオン」

路地の入り口に人影が生じた。

「人気のない場所に行くな。危険度が増す」

「さっきは助けてくれてありがと」

帆高ははにかんだ笑みを浮かべて両手を広げる。リオンは稔以上に変わっていなかった。髪の長さも若々しい顔立ちも往時のまま、時の流れを感じさせない。奇跡のような存在の前に立つたび、帆高は畏敬の念を新たにする。

でも、大切に思うからこそ帆高はあえて馴れ馴れしく振る舞うよう努めていた。リオンの場合、遠慮なんかしていたら遠ざけられて、何もかも終わってしまうからだ。

頑張って、稔のようにハグしようとする。でも、リオンに額を押し返され阻止されてしまった。

「むー」

「くだらない真似はやめろ」

溜息をつかれては仕方がない。帆高は諦めて両手を下ろす。

「あのさ、さっきのってキーツの仕業？　あいつ、やっつけたんじゃなかったの？」

「そんなことを言った覚えはない」

では、あれは本当にキーツだったのだ。

満腹であたたかかった胃の辺りが石でも詰めこまれたかのように重くなる。

「あの時はおまえの両親の中から追い出しただけ、多少力は削《そ》げたが消滅したわけではない」

「えーっ、じゃあ僕はまたあのおっさんにつきまとわれることになるってこと？」

「そうなるな」

「何で今更。もう八年も経ってるのに」

「百年現れなかったこともあるが、あいつは必ず戻ってきた」

「ひゃくねん……て、そういえばリオンっていくつなの？」

リオンは遠くを見るような目をした。

「もう忘れた」

リオンは時々こういう顔をする。そのたびに帆高は突き放されたような気分を味わわされた。

　リオンが生きる時間は帆高とは違う。リオンは恐らく不死だ。

　普通の人間である帆高にはそれがどんな感じなのか真に理解することはできない。それでも話くらいは聞けるのに、リオンは胸襟《きょうきん》を開いてくれない。リオンにとって帆高は心を許せる相手ではないのだ。

　無性《むしょう》にやるせない気分になってしまい、帆高はリオンの腕に腕を絡めた。

「おい」

「あのさ、リオン、うちに移り住まない？　またキーツが来るかもしれないと思うと不安だし、父も母もきっと喜ぶ。ごはんだって三度三度あたたかいのを食べられるよ？」

　幽霊屋敷と呼ばれている廃屋でひとりぼっちで暮らし続けているのがよくないのだと帆高は思う。面白いことの一つもない日々を送っていれば、生きる意欲など減退する一方だ。

　いい考えだと思ったのに、リオンは乗ってはくれなかった。

「断る」

「どうして？　もうすぐ冬だって来るのに、あんな寒いところで過ごすのはよくない。うちならコタツもあるし、二十四時間あったかい風呂にも入れる」

「コタツとはなんだ……？　いや、とにかく必要ない」

少し気になるような様子を見せたものの、リオンは揺るがない。帆高はちっと舌打ちした。

「おい」

「すっごくいい提案だと思うのに、何が気に入らないのかな？　どうしたら僕の願いを聞いてくれる？」

顎を引き、挑発的に見上げると、リオンは溜息をついた。

「おまえこそ、なぜそんなに俺に構う。俺は人間ではないんだぞ」

「だから？」

それが何だというのだろう。きょとんと見返すと、リオンが沈黙した。帆高は少し焦る。

「えっ？　それって何か問題？」

「問題だ」

「でも、リオンは別に悪いことしないよね？　人並み外れた人外の美貌は見ているだけで今日も一日頑張ろうって思えるし」

「……っ、何だそれは」

ふんと鼻を鳴らし、リオンがそっぽを向く。不機嫌そうな顔をしてみせているが八年もつき合っているのだ、真意くらい読み取れる。

「あは、照れてる？」

リオンのこういうところはとても可愛い。

顔を覗きこんでやろうと近づくと、避けられた。

「近づくな」

「どうして」

調子に乗って壁際に追い詰めると、リオンの顔が歪む。怪我でもしているのかと心配に思った時、いきなり肩を掴まれて引き寄せられ、帆高の脚が縺《もつ》れた。

「え……っ!?」

反射的に逃げようとするも、腰に回された手に阻まれる。空いている方の手が頬に添えられ、帆高は硬直した。

薄い青の瞳が迫ってくる。

あ……。

浅く刻まれた傷を舐められ、帆高は小さく喘いだ。胸がきゅんと締めつけられるように痛む。間近にある双眸から目を離せない。

——起きている時のリオンにキス《吸血》されるのって、こんな感じなんだ……。

恋に落ちそうだと帆高は思った。リオンに触れられた場所から湧き起こるさざなみがあまりにも甘美で。見つめてくる眼差しが熱くて。

くらくら、する。

かくんと膝から力が抜けてしまった帆高を、リオンが支えた。

「おまえはもっと俺を警戒しろ。干涸《ひか》らびるまで飲み干されるぞ」

警告する声までいつもと違う気がした。とても甘くて、怖いくらい優しく耳に響く。

「ひつよう、ないよ……。リオンがそんなこと、するわけ、ないし……」

「……おまえは！」

忌々しげに吐き捨てたくせに、リオンの唇は愛しげに帆高のこめかみに押し当てられていた。血をもらったなら誰にでもこういうことをするのだろうか。もしそうだったら厭だなと帆高は思う。

僕の血なら最後の一滴まで好きにしてくれていい。そのかわり、他の人の血を飲まないで。

「おまえがどう思おうと、俺は人の世では暮らせない。拘わるだけ時間の無駄だ」

「あのさ、人の世がどーのこーのとか関係ないよね？　僕はただ、リオンに恩を返したいだけ。リオンは享受《きょうじゅ》して、ぬくぬく贅沢《ぜいたく》してればいいだけだと思うんだけど。ご主人様だってリオンの秘密を知っていて傍に置いてたんでしょ？」

リオンは唇を引き結んだ。

「ルーシャンとおまえは違う。俺の命はルーシャンのためにある」

「……ええぇ……？」

熱烈な表現に帆高は戸惑う。あの蝙蝠傘を拾ってくれた男を探し出して、許しを得なければならないということだろうか。

「かつて、おまえは会ったと言ったな。俺の主に」

「うん。リオン、すごく驚いてたよね。もしかしてまだ会えてないの？　ご主人様と」

「会えるわけがない。あの方はもう、百年も前に亡くなられている。俺の目の前で、胸を射抜かれて」

「……はい？」

ざわ、と。血の気の引いてゆく感覚があった。

「え、……あれ？　もしかして、ご主人様って……」

頭の中がぐるぐるする。つまり――つまり、幽霊屋敷には本当に幽霊がいた？

「主の一族が尽力してくれたから、人ではない俺でも今日まで生き長らえることができた。彼らに仕えるのが俺の責務であり生き甲斐だ。ルーシャンがいないならもうこの世に用はない」

なに、それ。

動揺する帆高とは対照的に、リオンの目は凪いでいる。

ご主人様が死んでしまった。だから、食事をするのをやめた？

平気でキーツに刺されたのはご主人様の後を追えると思ったから？

帆高は唇を噛む。

もしかしてリオンって、ご主人様のことが好きだったのかな。

いくら世話になったとはいえ、ただの主従関係でこの世に用はないなんて普通言わない。

男の人だったけど、ご主人様もイケメンだった。

――そっか。リオンはあの人が好きだったのか。

どうしてだろう、つきつきと胸が痛んだ。

「この世に用はないなんて言わないでよ。ご主人様は死んじゃったかもしれないけど、リオンは生きてるんだもの。別の生き甲斐、見つけよう？　何なら、僕がリオンのご主人様になってあげてもいい」

勢いで口にした思いつきに、帆高は有頂天《うちょうてん》になった。もしそうなったら最高だ。

僕がリオンのご主人様！

リオンのただでさえ鋭い双眸が氷のように冷たくなった。

「おまえにルーシャンの代わりが務まるものか」

怒りも露わに吐き捨てられ、舞い上がっていた気持ちが地の底まで叩き落とされる。

……そうだよね。リオンはどんなにマメマメしく差し入れを運んでいっても喜んでくれない。笑顔を見せてくれたこともない。帆高のことなど路傍《ろぼう》の石程度にしか思っていない……。

でも。

「死ぬなんて、許さないから」

これだけは譲れない。

「何？」

リオンの瞳が青白い光を放った。

「だって、僕がキーツに目をつけられたのは、元はといえばリオンのせいだし？　責任取って最後まで守るのは当然だよね！」

人差し指を突きつけて高らかに言い放つと、金色の睫毛が揺れ、痛いところを突かれたかのように眉間に皺が寄った。

本当はリオンのせいだなんて思っていない。帆高は嫌がらせのためキーツに無作為に選ばれた生け贄。もし帆高がリオンの立場にいたら、何でこんな小生意気な子供を守らねばならないのかと苛立たしく思ったに違いない。ひょっとしたら、見て見ぬ振りで見殺しにしたかも。でも、リオンは助けてくれた。感謝こそすれ、文句なんか言える筋合いではない。

――こんな風な言い方、本当はしたくないのに。

「――キーツからは必ず守ってやるからもう、俺に構うな」

帆高はリオンの要求をきっぱりと切って捨てた。

「いやだ」

「人の世に生活の比重を置いて、人間関係を広げろ。これからは恋人のこともちゃんと大事にしてやれ。幽霊屋敷に通う時間をデートに当てるんだ」

かあっと躯が熱くなる。恋人がいたことをどうしてリオンが知っているのだろう。まさか見ていたのだろうか。引きこもりだとばかり思っていたのに。

「絶対に厭。ってゆーか、余計なお世話！」

帆高が諦めたら、きっとリオンは何も食べない。あの屋根裏部屋でひとりきり、眠り続ける。それこそ眠り姫のように。だが、眠り姫と違ってその末にあるのは死だ。

――厭々生を繋ぐのではなく、きらきらと輝くような日々を。遠い過去ばかりではなく、現在を見ていて欲しいのに。

忌々しい奴だと思われてもいい。

じわりと滲んだ視界を、帆高は拳で拭うことでクリアにする。

リオンがちっと舌を鳴らした。こんなところまでついてきたのか、リオンのブーツに躯を擦りつけた猫が細い鳴き声を上げる。

## 十、再起動《リスタート》、四日目

足を踏み出すたびに凍った土がざくざくと音を立てる。吐く息は真っ白。大気さえ凍りつき、青空がきらきらと陽光を反射しているのに寒さを感じない。

重い手を持ち上げて首筋に触れると赤く汚れた。まだ血が止まっていないのだ。

木々の間から零れ落ちる陽光に触れるたび、膚に灼け爛《ただ》れるような痛みが生じた。フードを目深《まぶか》に被っているのに、陽の光が耐え難いほど眩しい。だが、立ち止まってなどいられない。理性が残っているうちに、遠くへ、もっと遠くへ行かねばならない。

——でも、どこまでだ？

自分がいなくなっても困る人がいないのは幸いだった。母はとうに死に、父はある日突然家中の金と共に消えていた。妹は先月嫁ぎ、今は山の向こうの小さな町でパン屋を営んでいる。

——ああ、本当に幸いだった。

もともと無愛想で、人と拘わるのが苦手だった。一緒に生まれ育った同じ年頃の男たちとはそれなりにつき合いがあったものの異性とはまったく縁がなく、恋人と言えるような存在はいない。狩りの腕は村で一番だったが、肉を売るものは他にもいるし、自分一人がいなくなったところで困るものはいないだろう。

一番心配なのは、放してやった山羊《やぎ》と鶏《にわとり》だった。誰かに託せればよかったのだが、こんな姿を見られたら、狩られてしまう。

そんなことを考えながら歩いていたら足がもつれ、リオンは膝を突いた。

鳥が群れて騒いでいる。けたたましい鳴き声に蹄《ひづめ》の音が混じっているのに気がつき、リオンは眉を顰めた。山肌に反響してどの方向からかはわからないが、近づいてきているようだ。

まずいな。

夏だったら豊かな緑が身を隠してくれたのだろうが、今は冬の始まりだった。葉が落ち寒々しい姿となった木々はほとんど視界を遮ってはくれない。峰を越えて姿を現した騎馬がすぐにこちらに気がつき近づいてくる。

男の姿がはっきりと見えた瞬間、リオンは息を呑んだ。

頭をすっぽりと包みこむ毛皮の帽子からはみ出た髪が金色に輝いている。品よく整った顔立ちも堂々たる体躯も、単なる村人のものではない。おそらくどこかの貴族だ。

リオンにも貴族の血が流れていた。何代か前に手をつけられた者がいたらしい。子供のころはこの淡い髪の色と人形のような顔立ちのせいでよく貴族みたいだとからかわれたものだ。

距離が詰まるにつれ、緊張が高まる。

ひゅん、という鋭い音に身を竦めた刹那、かぶっていたフードが鞭《むち》で撥ね上げられ、いまだ血を流している傷口や血糊《ちのり》で固まってしまった淡い金髪が露わになった。

——見られたか。

唇を引き結び見上げると、男は面白そうに笑う。てっきり殺されると思ったのに、来いと命じられた。

わけがわからないまま連れていかれたのは領主の館だった。

すべての窓に分厚いカーテンが引かれた部屋に案内され、ホッとする。痛い陽光の代わりに暖炉の火で照らし出された室内はあたたかかく、荒《すさ》んだ気持ちを和ませた。

「名前は？」

「リオン」

「どこへ行こうとしていたのかね？」

「どこへも」

実際、村から離れられればそれでよかった。

老いた女が運んできたピッチャーから洗面器へと湯を注ぎ、男は濡らした布を軽く絞る。

「なぜ村を出ようとした？」

傷口が拭われる痛みに、リオンは低く呻いた。

「子供でも知っている。首の噛み跡は魔物の仕業。誰かに見られたらあっという間に追われるようになる」

真夜中、ふと気配を感じて目覚めると、部屋の中に見知らぬ男がいた。

なぜ自分が襲われたのかはわからない。たまたま目についたから押し入っただけで、偶然だったのかもしれない。とにかく、誰だろうと思った次の瞬間、リオンは冷たい床に転がっていた。

すでに男の姿はなく、酷い痛みに首筋を探って、リオンは何が起こったのか悟った。

「魔物に噛まれたものは魔物になる。こんな傷を見られたら、迷信深い村人に息の根を止められる」

それが真実であろうがなかろうが関係ない。ほんの数年前にも魔女と見なされた女が狩られている。一度村人たちの間にパニックが広がってしまったら終わりだ。

足下ががらがらと崩れてゆく。

どうする？　どうしたらいい？

己の肉体がかつてとは違うものに変質してしまっているのが何となくわかった。

隠しおおせるとは思えない。それに、太陽の下に出られないだけならいいが、一体どこまで変化が進むのかリオンは知らない。話に聞いた通りに自分も血を求めて誰彼かまわず人を襲うようになるのかもしれない。

そんなこと、絶対にしたくなかった。

もし自分がそんなことをしたと知れたら、嫁いでいった妹はどうなる？　よくて離縁、運が悪ければ殺される。

だからリオンは逃げることを選んだ。誰にも傷つけられず、また傷つけることのない地を目指したのだ。

「面白いな。噛まれたというのに君は理性を失っていないのか」

リオンの話を聞き終わると、立ち上がった男は興奮した足取りで部屋の中を歩き回った。

「他にも数人、血を吸われ眷属となったのを見たが、まともに言葉が通じたのは初めてだ。実に興味深いね！」

かつんと靴を鳴らして躯を回転させると、男はリオンに向き直った。邪魔そうに銀の短剣をテーブルに置く。リオンに襲いかかられたらこれで始末するつもりだったのだろう。

「君は正確に己の置かれた状況を理解しているな。君が考えたとおり、今までとおなじ生活を続けるのは不可能だ。どこへ行っても君は追われることになる。それで提案なんだが、君、私と一緒に来ないか？」

「――――は？」

「君の身体能力は人間のそれを遙かに凌駕《りょうが》するはずだ。それに夜目《よめ》が利く。太陽の下に出ると灰になるとも聞いていたんだが、それは間違いだったようだな、喜ばしい！」

いきなり打ち合わされた両手に、リオンはびくりと肩を揺らした。

「私の名はホー・ホー。領地はもっと北の方にあるのだが、こっちの方面に造詣《ぞうけい》が深くてね。王にこの地方に逃げこんだ魔物退治を命じられた。とはいえ、何から何まで自分でするのは無理がある。助手が欲しいが、人間は弱くて使い物にならない。だが君なら頑丈だ」

目を輝かせ熱烈に語るホーが持つ知識には興味をそそられる。だが、リオンにはまだ不安があった。

「俺が理性を失って、あんたを襲うかもしれないとは考えないのか？」

暖炉の上のデキャンタを取り上げ、ホーは鼻歌交じりにブランデーをグラスに注ぐ。

「契約を結べばいい」

「契約？」

「そうだ。文言はこうだな」

どすんと椅子に腰かけると、ホーはグラスを置き、ペンを手に取った。机の上に積まれていた本を肘で端へと寄せ、羊皮紙《ようひし》を広げる。

「ロード・ホーは、貴公の魂《たましい》を預かる。その対価として、ホーはいかなる時も貴公を保護すると誓おう。誠心誠意仕えるなら、貴公が必要とするすべてのものをホーが与える。衣服も血も、友も、帰る場所もだ。それも子々孫々まで」

張りのある声と共にさらさらと記されてゆく文字を眺め、リオンは実感した。

――そうか。俺はすべてを失ったんだ。

故郷はもう、リオンがいていい場所ではなかった。昨日までの友もまた、リオンが何ものになったのか知れば、石もて追うだろう。望むと望まざるとに拘わらず、リオンはこれまでの自分と決別しなければならない。

ペンを置いたホーが、まだ乾いていない羊皮紙を両手で掲げ、読み直す。それからリオンを振り返り、眉を上げた。

「どうかね？」

受け入れる以外の選択肢などないように思えた。

「契約に応じよう」

誰をも傷つけずに生きられたらそれでいい。今やそれだけがリオンの望みだった。

ホーが陽気に笑い、ブランデーのグラスをリオンに渡す。

「よかった！　では少し血をもらうよ。血には君の霊的な力《エナジィ》が宿っている」

鋭い痛みにリオンは顔を顰めた。手にナイフで傷がつけられ、インク壺に血が垂らされる。

「それから私の魂も少々」

己の血も足すとホーはそのインクを用いて契約書にサインした。リオンも同じようにサインすると瞬時に黒い炎が羊皮紙を燃え上がらせる。

「魂の契約は成った！　これで君は私の羊だ！　乾杯《プロージット》！　初仕事は君を変質させた魔物退治だ。存分に活躍してくれたまえよ！」

掲げたグラスをホーにならい一気に飲み干す。上等な酒の芳醇《ほうじゅん》な香りと火のような熱はリオンにとって未知のもので、これまでとは違う未来を予感させた。

＋　＋　＋

アラームが鳴っている。

いつものように自分のベッドの中で目を覚ました帆高は気怠く髪を掻き上げた。額を全開にしたまま考えこむ。

「何……今の……」

リオンの夢を見た。夢の中で、帆高はリオンになっていた。

他人に成り代わる夢なんて、初めてだ。しかも異様にリアルだった。ただの夢とは思えない。

「リオンはヴァンパイアになりたくてなったわけじゃなかったんだ……」

ホー・ホー━━━ルーシャンの先祖がリオンを絶望の淵《ふち》から救い出した。

あれではリオンがご主人様を一途に慕うのも仕方ない。

沈みこみそうになる気持ちを帆高は無理矢理引っ張り上げる。

「まあ、別に僕はリオンに好かれたいわけじゃないし？　ご主人様と張り合うつもりもない。それに、今更だよね」

んー、と思い切り伸びをすると、帆高は勢いをつけて起き上がった。

「いい話だけど大昔のことだし、何百年も仕えて恩なんてとっくに返し終えている。ご主人様が死んだからと言って殉《じゅん》じる必要なんかない」

好きに生きたらいいのに。

どうすればご主人様しか見ようとしないリオンの目を他に向けられるだろう。

――たとえば、もし僕を見てくれたら……そうしたら……何だって捧げるのに。服でも食事でも……血でも。

「……っ」

下腹部に生じた淫らな疼きにひくりと腰をしならせてしまい、帆高は目元をほんのりと上気させた。椅子の背もたれに手を突き、震える溜息をつく。

「もー……」

己を罵る言葉には力がない。血を与えることを考えただけでいつもこうだ。

熱くなってしまった性器に触れたいという欲求を無視してほっそりとした足を床に下ろすと、帆高は寝間着《ねまき》代わりのTシャツを頭から抜いた。何を着ようかとワードローブを眺めていると、スマホが鳴る。

画面に表示されている名前を見て、帆高は小首を傾げた。

「みのりん……？　何の用事だろ……」

# 十一、再起動、九日目

「相変わらず大きい家だなー」

四日後、帆高はワインを手に久し振りに稔の家を訪れていた。祖父母のものだという純和風の家は広く、庭も手入れが行き届いている。門灯に照らし出された紅葉《もみじ》は真っ赤に色づいており、実に風流だ——などと感心している場合ではない。遊びに来いと誘われた身ではあるが、今日は二人に謝らなくてはいけないことがある。

インターホンを鳴らすと出てきたのは隆也だった。

「お疲れー。早かったな」

シャツの上にエプロンをつけている。厚みのある体格に似合わないくまちゃん柄に、張りつめていた神経が弛緩《しかん》した。

「隆也もお疲れ。酒買ってきた」

「おー、さんきゅ。っていいのか？　こんなに」

「うん。ね、見せたいものがあるって稔からのメールに書いてあったんだけど、何？」

「さあ。俺もまだ聞いてないな」

塵《ちり》一つなく拭き清められた廊下を進んでゆくと、台所に繋がった座敷の座卓に稔がつまみを並べている。

「お邪魔します」

「いらっしゃい、ほたほたー」

「稔。帆高が酒買ってきてくれた」

渡された袋をのぞきこみ、稔は眉を上げた。

「何これどしたの？　ほたほた、何か後ろめたいことでもあるわけ？」

うぐぐと帆高は天井を見上げた。稔も勘が鋭い。

「実はそうなんだよね」

「後ろめたいこと？　なになにー？」

二人が座卓の前に座ると、帆高はおもむろに座布団から下りて後ろに下がった。

「ごめん」

いきなり頭を下げられた二人がきょとんとする。

「え？　何？」

「謝られるようなこと、あったたっけ？」

「この間、ビルの階段がループしてただろ？　あれ、僕の巻き添え食らったんだと思う」

座敷の中が静まり返った。二人とも困惑している。

「あー、……どゆこと？」

説明しようとして、帆高ははたと気がついた。

死人——今風に言えば、ゾンビか？　やっていることを考えればネクロマンサー？——に狙われて、ヴァンパイアに助けてもらった？

痛々しい単語満載で、大真面目に話せば話すほど嘘くさく聞こえる。

「ううーん、どう説明したらいいのやら……」

苦悩していると、稔がさきいかを摘み始めた。

「巻き添えってことは、帆高、何かに狙われてんの？　またあーゆーことがあるってこと？」

帆高ははっとした。そうだ、一緒にいる限りまたこの二人を巻き添えにしてしまうことがあるかもしれない。そして次こそは深刻な事態に陥《おちい》ってしまうかも。

「うん……。僕たちはもう、会わない方がいいのかもしれない……」

胸元でぎゅっと拳を握った帆高の肩を、興奮した稔が揺する。

「冗談！　こんなおもしろそうなこと、見逃せるかよ！」

「そういや帆高、引っ越したばかりの時に、出たっぽいこと言ってたよな？」

隆也の思い出話に、稔ががっつり食いついた。

「何だよ、それ。俺、聞いてないぞ」

「入学してすぐの頃だったからなー。帆高が押しかけてきたんだよ。いきなり。窓から。

泊めろって。それっきりで、全然詳しいこと教えてくれなかったけど」

「そうなのか？」

仲間外れにされたのが口惜《くや》しいのか、稔は唇を尖らせている。

「だって痛い奴だって思われたら厭だったし。外国人のゾンビみたいなのとエンカウントしたって、いきなり真顔で言われたら引くだろう？」

「引かねーよ。んー、つまり、あーゆー感じのが出たってこと？」

「ん？」

頬杖を突いた稔が指さした先を見た隆也が固まった。帆高も振り返り、蒼褪める。

庭に面したガラス窓の向こうに、黒髪の外国人がいた。

「うっそ……」

ざわりと全身に鳥肌が立つ。

「え？　マジであれなの？　ハロウィン近づいてるからそのリハーサルかと思って見てた」

事態を理解していない稔はのほほんとしている。帆高は座布団を蹴って立ち上がった。

テーブルの上にあったワインのボトルを鷲掴みにして勢いよくガラス戸を開ける。

「あれ……っ？」

だが、庭にキーツの姿はなかった。代わりに小さな子供がいる。

「どしたのさっちゃん」

稔が驚いて席を立ち、帆高は振り上げていたボトルを後ろに隠した。

「知ってる子?」

「隣んちの子。そんな格好で外出たら風邪引くぞ。何で裸足《はだし》――」

庭に下りようとする稔を、帆高は片手を上げて遮った。

まだ小学校にも上がっていなさそうな小さな女の子の小さな足は土に汚れていた。手には鋏《はさみ》を持っている。

子供用の文房具ではない。花を生けたりする時に使う、先端の尖った鋭利な代物だ。

前触れなく、女の子が跳躍した。

「えええええ!?」

とっさに構えたワインボトルに鋏が当たり、ガチンと鈍い音が上がる。

「さっちゃん!?」

混乱している稔を、帆高はとっさに隆也の方へと突き飛ばした。廊下に着地した女の子の標的は思った通り帆高らしい。ぐっと躯を沈め一直線に突っこんでくる。

ワインボトルで殴り飛ばしてしまえれば簡単だが、おそらく女の子はキーツに操られているだけ、怪我をさせるわけにはいかない。

長い前髪が視界を流れる。

重い一撃はなんとかしのげたが、次の瞬間、躯が浮いた。小さな女の子とは思えない力で足払いされたのだ。

薄桃色の唇がにたりと不気味な笑みを形作る。

仰向けに転がされてしまった帆高は唾を飲みこんだ。

まずい。ただでさえ防戦一方で不利な状況なのに。

女の子が逆手《さかて》に持った鋏を胸に突き立てようと飛びかかってくる。

だが、鋏が届く寸前、何かが庭から飛びこんできた。

「え……っ!?」

女の子の姿が消え、金の光が弾む。

それは畳の上で一回転すると、部屋の隅でうずくまった。その腕の中には女の子がしっかりと抱えこまれていた。女の子の首筋には、獣のように鋭い牙が突き立てられている。

凄惨《せいさん》な光景に皆が息を呑んだ。

「さっちゃん……っ」

色を失った稔の手がテーブルの上を探り、フォークを掴む。

「みのりん、やめろ」

白い首筋を一筋赤が伝い落ちた。女の子は意識を失っているようだ。

まずい。

「さっちゃんを離せ……っ！」

帆高は慌てて跳ね起きて割って入ろうとしたが遅かった。最小限の動きで翳されたリオンの腕に、パニックを起こした稔の振りかぶったフォークが突き刺さる。

「リオン……！」

——頭の中が真っ白になった。

痛い。

稔の敵意が皮膚を突き破り肉に食いこむのを、帆高は己のことのように感じていた。

何で？

何で、避けるなり払いのけるなりしなかったの？　リオンならそれくらい、容易《たやす》くできるはずなのに。

予想はつく。女の子が完全に無力化できているかどうかわからなかった。あるいは、抵抗すれば更にことがこじれると思ったのだろう。

とにかくリオンは、自分がフォークを受ければ被害は最小に抑えられると判断した。

リオンの怪我は簡単に治すことができるからだ。

あるいは、いっそ死にたいと思っているからかも。

——駄目だこの人。何とかしなきゃ、きっとどこまでも自分の肉体を使い潰す。

帆高は稔の躯を押し返して間に己の躯を滑りこませた。

「みのりん！　やめてって言ったよね!?」

「おま、何言ってんだよ。さっちゃんを助けないと」

「ばかっ、リオンが子供を傷つけるわけない！」

この男は、見ず知らずの子供を助けるために己の身を犠牲にすることを厭わない。

とても、とても優しい人。

でも、だからこそ見てられない。

「えーと、帆高の知り合いか……？」

隆也がのんびりと首を傾げてリオンを指さす。帆高は頷いた。

「そうだよ。僕の命の恩人。隆也たちだって助けてもらってる。この人がいなければ僕たちはこの間の階段ループから抜け出せなかったんだから」

「え……？」

女の子の首から牙を抜いたリオンが拳でぐいと口元を汚す血を拭き取った。ようやく露わになった荒々しい美貌に、稔と隆也が魂を抜き取られたような顔をする。

「リオン……ごめん」

恩を仇《あだ》で返すとはこのことだ。帆高はリオンの方へと向き直り、目を潤ませた。

「いい」

リオンが小さな躯を帆高へと渡し、腕に突き立ったままになっていたフォークを掴む。

無造作に引き抜かれて投げ捨てられたフォークが板張りの廊下の上でからんと無機質な音を立てた。

次いでリオンの左腕が少し持ち上げられる。

いつの間にか女の子の手から消えていた鋏が脇腹に刺さっているのが見え、誰かが息を呑んだ。

この鋏に刺されるのは、本当は帆高のはずだったのだ。

「リ、リオン……」

さすがに痛いのだろう、無表情だったリオンの顔が歪む。だがこれも一息に抜き取ると、リオンは畳の上に血塗《ちまみ》れになった鋏を置いた。

「怪我は？」

鋭い視線を向けられ、膚が粟立つ。

「ない……」

「そうか」

威圧的だった眼差しが少し緩んだのに気づき、帆高は泣きそうになった。自分の方が何倍も惨い目にあわされているのに、どうしてそんな顔ができるんだろう。

「記憶は消してある。寝ぼけて庭に迷いこんだことにでもしておけ」

「あ、あの！　傷……傷の、手当……！」

「いい。もう治った」

　人の血は、リオンにとって万能薬だ。父の血を飲んだことによって心臓を貫く傷から回復したように、さっちゃんの血がリオンの傷を癒してくれたのだろう。怪我をしていたのが嘘のようになめらかな動きで立ち上がると、リオンは庭へと飛び下りた。

　引き留める間もなく姿を消す。土足で押し入ったせいで座敷や廊下が汚れてなければ、夢だったのではないかと疑ってしまいそうなあっけなさだ。

　女の子は畳の上ですうすうと眠っている。

「治ったって……えええ……？」

「なあ、帆高。あの人ってもしかして、吸血鬼なのか？」

「稔……」

「だってそうだろ？　あの身の軽さ、異常な回復力！　首筋から血を吸っていたし、どう見たって普通の人間じゃないよな？」

　弾んだ声が神経に障る。稔はただ無邪気なだけで悪気はない。わかっていても聞き流せなかった。あの人は好きで吸血鬼になったわけじゃないのに――嬉しそうに言うな。

　帆高は乱暴に稔の肩を突いた。

「普通の人間じゃなければ何したっていいわけ？　リオンにだって、痛覚はあるのに！」

　尻餅をついた稔がぽかんと帆高を見上げる。帆高は他の男の子たちと違って仕草が柔らかく、人を突き飛ばすような真似などしたことがなかった。

「この子がおかしくなってたのは見てわかったよね？　この子を助けるためにリオンはあいうことをしたんだ。それなのにフォークで刺すなんて酷い！」

稔が極《きま》り悪そうな顔をした。

「いやだって、そんなのわかんなかったし。……でも、その――ごめん」

本当は帆高もわかってる。仕方がなかったのだと。見た目にはリオンが悪者だった。ちゃんとフォローするべきだったのだ、帆高が。リオンが理不尽《りふじん》な傷を負わされる前に。ちゃんと。

――こんな失敗、二度としない。

「あのさ。僕が中学生の時、リオンはあのゾンビみたいのから僕を守ってくれたんだ。リオンがいなければ、僕は強姦拷問殺人のフルコースで今頃ここにいなかったと思う」

「はは、冗談……じゃ、なさそうだな……」

稔の顔が引き攣った。

「その時もリオンは傷を負って、刀まで駄目にした。あの時の埋め合わせすらできてないのに、またこんな目に遭わせてしまうなんて……うあー、最悪……」

喋っているうちに現実が胸に迫ってきて、帆高は頭を抱えた。

本当に、最悪だ。

打ち合わせるたびに砕け、音を変えてゆく刀。赤い血。キーッの耳障りな笑い声。リオンのしてくれたことすべてを帆高は忘れたことがない。

でも、溢れんばかりの感謝の気持ちは空回りするばかり。何ひとつリオンに返せていない。

「あ……！　折れた刀の持ち主って、あいつだったのか！　――あー、よし、わかった。とりあえず先にさっちゃん返してくるから、待っててくれ！」

稔がいきなり女の子を抱き上げた。どたどたと足音が廊下を遠ざかってゆくと隆也が腰を上げ、雑巾で室内に残った靴跡を拭き始める。

「吸血鬼か。びっくりしたけど、帆高はあの人が好きなんだな」

落ちこんでいた帆高は潤んだ目を瞬かせた。

「……は？　何、急に」

「だって滅茶苦茶必死になってただろ？　あの人のために」

「そんなの……怪我させたんだし、当たり前だろ。あの人には感謝してるし」

「それだけ？」

「……何を言いたいわけ？」

隆也が口端を小さく上げた。

「いやだって、帆高って他人に入れこむタイプじゃないだろ？　押せ押せで来る割には冷静に相手の反応を推し量って適当な距離を保っている。でも、あの人に対してはそういうのないみたいだったから」

帆高は唇を噛んだ。自分はそんなにわかりやすいのだろうか。

「だってあの人は、この間借りたゲームに出てきたアレ……そう、守護天使みたいな人だから」

思いつきで言ってみたが、我ながらぴったりくる表現だった。そうだ、リオンは強くて綺麗で、窮地《きゅうち》に陥った帆高を必ず助けてくれる、神々《こうごう》しい存在だ。

うんうんと悦に入って頷いている帆高に、隆也がなぜか半眼になる。

「帆高ー！」

ばたばたと足音が近づいてきて襖が開いた。

「うわ、何」

「控えおろう！」

戻ってきた稔が片手で高く掲げているものを見た帆高の腰が浮く。

「そ、それは……！」

「ふはははは、じーちゃんのコレクションの一つ、日本刀だ！」

帆高の前まで来ると、稔は座布団を引き寄せ、腰を下ろした。鯉口《こいぐち》を切り、ゆっくりと刀身を引き抜いて見せる。

「綺麗だろ？　これ、さっきのにーちゃんへの詫びの品にどう？」

「え……ええ!?　駄目だよ。お祖父さんのなんだろ、それ？」

「いーんだよ。じーちゃん去年、死んじゃったんだし」

「え……」

一点のくもりもない刀身が蛍光灯の光をぬらりと反射する。綺麗だが、それだけではない。一度目を向けてしまったらもう離せないような空恐ろしさを帆高はこの刀に感じた。

「ばーちゃんはさ、じーちゃんの骨董趣味、嫌いだったんだ。あと、それを知っている身内の男連中が残った骨董を狙ってるのも気にくわなかったわけ。で、この間叔父さんが勝手に蔵を引っかき回してるの見つけて、切れて、全部まとめて売り飛ばしちゃった。何でこれだけ残ってんのかっていうと、存在しないはずの刀だったから」

「ない、はずっていうのは……？」

「田舎の家を解体したら屋根裏から出てきた奴で、まだ届けとか出してないんだよ。そのせいでよけてあったんだけど、カボチャ切るのに使おうかななんて言ってたからもらっておいた」

「カボチャ……」

「マジだぜ？　ばーちゃん、物なんか使わないと意味ないんだって、時々でっかい有田焼の皿で煮物出してきたりするもん」

刀を鞘に戻すと、稔は慣れた手つきで鞘袋にしまいくるくると紐で巻いた。渡された刀は鋼の塊らしく、ずしりと重い。

隆也が拭き掃除を続けながら、ててってれーとゲームの効果音を口真似する。

「帆高は、日本刀を手に入れた」

「たしかに、ものすごいレアアイテム手に入れた気分だけど……本当にいいの？」

「いいに決まってんだろ。俺、人を刺しちまったんだぜ？　心情的には刀一本くらいじゃ全然足りないけど、とりあえず今、俺が自由にできるのはそれくらいだしなー。足がつかない方がよさそーな気もするし？」

その通りだった。その方が何かあった時に稔に迷惑をかけずに済む。

帆高は膝の上に置いた刀をそっと撫でた。なんとなく、今度はなまくらなどとは言われないような気がした。

「なあそれ、いつ渡しに行くんだ？　俺も一緒に行っていいか？」

「え」

「あ、俺も行きたい！　直接詫び入れたいし！」

稔と隆也の申し出に帆高は考えこんだ。幽霊屋敷の秘密をこの二人に教えてしまっても大丈夫なのだろうか。

「――ま、いっか」

三十秒で帆高は決断を下した。この二人がリオンに害をなすとは思えない。

「明日はどうかな？　土曜日だから大学休みだし。リオン、刀を折ってしまってからずっと丸腰だから、きっと早い方がいい」

「午後ならいいぜ。午前中はばーちゃんの買い物につき合う約束してるんだ」

「よし決まり。帆高、コップ取れよ」

防具として使ったワインの栓を隆也が抜いている。テーブルの上には薬味《やくみ》がたっぷり載せられた冷《ひ》や奴《やっこ》に出汁巻《だしま》き卵、きんぴらやほっけといった料理が食べられるのを待っていた。最近料理にハマっている隆也の力作だ。

帆高はとりあえず床の間に鞘袋に入った刀を置く。

この刀はリオンが生き長らえる助けになってくれるだろうか。

なってくれるといい。祈るように思いつつ、帆高はコップを手に取った。

十二、

エレベーターが最上階に到着すると、混み合った会場が目の前に開けた。目的のコーナーは長蛇の列で、隆也の目が遠くなる。

「まさかこれに並ぶ気かー？」

「う……そのつもり、だったんだけど……」

朝になってから解散した三人は午後再び集合し、デパートの物産展に来ていた。

帆高は黒のカーゴパンツにモッズコートという姿で、雄《おす》っぽい服装が逆に細い首や妙に気をそそる艶っぽい仕草を際だたせている。

両親がリオンの眷属になって好きな服が解禁されてから、帆高はそれまでの反動のようにハード系の服ばかり着ていた。

今ではわかる。子供の頃の自分がどれだけ捨てられることを恐れていたかを。

「ここ、弁当屋だよな？　これから刀渡しに行くのに傷まねえ？」

「心配無用。買うのはリオンへの差し入れだし」

「へー」

ネットでも絶賛されていた弁当は、新鮮なウニやイクラ、カニにマグロが酢飯の上に溢れんばかりに盛られているらしい。値段の方も豪華で、値札を見た稔と隆也の腰が引けた。

「すごいな」

帆高は溜息をつく。こんな豪勢な弁当でもリオンはいらないと言うに違いないのだ。

「食べてもらえるんなら値段なんてどうでもいいよ。リオンってさ、生への執着がないんだよね。ずっと一人で暗い部屋に閉じこもってて、食事はしないし、血も飲もうとしない……」

清貧《せいひん》な修行僧のようにリオンは己に厳しく気高い。その一方で帆高は血を与えるたびに襲い来る強烈な劣情を撃退できず、苦悩を深めていた。

リオンのことを考えただけで、えっちな気分になる。色気がどうのと言われるようになったのはきっとそのせいだ。

「そうなのか？　さっちゃんを噛んでたのに」

「あれは食事目的じゃなくて、僕たちを助けるためだし！」

そして帆高がこっそり血を飲ませているのは、食事のため。ふしだらな快感を得るためではない。

きょとりと周囲を見回した稔が帆高の袖を引っ張った。

「差し入れってさ、弁当じゃなきゃいけないのか？」

「えーと？」

山積みになって売っているカニやエビを見た隆也がぼそりと呟く。

「鍋、食いてーなー」

「うちに携帯用コンロ、あるぜ？　土鍋も」

二人がじいっと帆高を見つめる。鍋パをしよう、ということだろうか。

だが、二人を連れていった上にあの部屋で鍋を始めたらリオンは厭がるに違いない。帆高は眉間に皺を寄せて考えこむ。

「――ま、いっか」

何もかも今更だ。帆高が顔を見せるだけでリオンは厭そうな顔をする。鍋が加わったところでさしたる違いはない。それならここは攻めるべきだろう。稔は明るいし、隆也もとぼけた味があって人懐こい。鍋は楽しくおいしいものだ。わいわいとつつけば膠着《こうちゃく》した現状を打ち破る糸口になるかもしれない。

「よし、鍋に変更！」

拳を突き上げ宣言すると、二人がいえー！　と喜びの声を上げた。

「ただし、割り勘」

「げっ……まあ、仕方ないかー」

「毛ガニ買おうぜ、毛ガニっ！」

鍋にする魚介類《ぎょかいるい》に練り物《ねもの》、ワインにチーズにデザートのホールケーキまで買いこんだ三人は意気揚々《いきようよう》とデパートを出た。稔の家に寄って必要な物資を揃えてからリオンの下《もと》へと向かう。まだリオンがどこに住んでいるのか知らない二人はわくわくしている。目的地が幽霊屋敷だとわかったらどんな反応をするかと思うと、帆高もちょっと楽しくなった。

だが――。

「なあ、ここ、どこ？」

三人は気がつくと見覚えのない通りにいた。

隆也と稔は生まれた時から、帆高は中学から住んでいる地元でどんな裏道も知っている。それなのに、洋館が並ぶ町並みには見覚えがない。

「おいあそこ、教会がある……」

家々の向こうに立派な鐘楼《しょうろう》のある教会が聳えているが、この町にあんなものはない。立ち止まって眺めていると、何十羽もの烏《からす》が一斉に空へと舞い上がった。一拍遅れて暴力的なまでに大きな鐘の音が空に響きわたり、三人は両手で耳を押さえる。

「うるせええ」

頭蓋骨《ずがいこつ》まで一緒に震えているようだ。威圧的な音が三人に知らしめる。恐ろしいパーティーが始まったのだと。

鐘の音は、鳴り始めた時と同じく唐突に止まった。

「やっべー、どーするよ。明らかにおかしーぞ、これ」

「稔、目をきらきらさせんな」

　帆高は三人の装備を眺めた。稔は両手に携帯用コンロと酒を、隆也は食材とケーキを持っている。帆高は背負ったリュックに重い土鍋を入れ、両手で鞘袋を抱いていた。

「これってさー、やっぱ昨日と同じ奴の仕業だよなあ。どうする？　行くか戻るかじっとしてるか」

「えー、じっとしてるなんてつまんねーよ！　先に進もーぜ！」

　一人だけテンションの高い稔に、隆也が苦笑する。

「帆高、どう思う？」

「わからない。まあ、どっちでもいいかな。迷ってもリオンが助けに来てくれると思うし」

　稔と隆也が揃って帆高の顔を見た。

「何？」

「いや、こっちこそ『何？』なんだけど。何なのその信頼感。愛？」

　帆高の頬が引き攣る。

「――――は？　何言ってんの？」

「いやだって、こんなどこだかわからないよーな場所だぜ？　普通は、なあ？」

「うん。無理」

肘で思わせぶりにつつき合う二人に帆高は激高《げっこう》した。

「何ですぐそういう方向に話を持っていこうとすんの!? 僕は中学の時にも似たようなことがあったから今度も助けてくれるだろうと思っただけ! 僕をからかうだけならいいけど、リオンまで変な妄想で穢さないでくれる!」

リオンについて下世話なことを言われると、無性に厭な気分になる。本気で頭にきているのに、稔がぶふっと吹き出した。

「穢さないでって」

「ほたほた、ピュア?」

「はあああ!?」

「大体さー、ほたほた、そういうふわっとしたこと言うようなキャラじゃないじゃん」

「前もそうだったから今回もそうって、普通こんな状況下じゃ言えないだろ。やっぱ、愛か?」

「愛だな」

帆高は地団駄を踏みたくなった。

「ちっがーう!」

愛だったらどんなにいいだろう。一欠片でもいい。リオンが好意を示してくれたなら、帆高はきっと天にも上る気分になる。

「じゃあ何だよ」

「多分、僕はリオンの眷属なんだ」

　稔と隆也の顔から笑みが消えた。

　キーツの影に脅え、初めて秘密の部屋に押し入ったあの日、目を閉じろという命令に従った帆高の手には小さな切り傷ができていた。今思えばあの時、血を飲まれていたのだ。リオンは何も教えてくれないけれど、そうでなければああも毎回帆高の危機に駆けつけられるわけがない。

「あのさ、気になってたんだけど、噛まれても大丈夫なものなのか？　さっちゃんもヴァンパイアになったりとか……」

「その辺はリオンの意志で調節できるみたい。元からあるプログラムに必要な部分だけ手を加えるような感じなんだと思う。多分さっちゃんはキーツの命令を消す以外のことはされてないよ。僕の場合は位置情報と緊急時の連絡だけ行くんじゃないかな。それ以外の変化を感じたことがないし」

「へー、じゃあテレパシー？　みたいなので、ほたほたはリオンと繋がってんだ！　ロマンチックー！」

　無言で鞘袋をつけたままの刀を振り上げた帆高を隆也が羽交い締めにした。

「こんな時に喧嘩はやめよーぜ。とりあえず、どっちでもいいんなら進んでみないか。こ

「この状況を確認したい」

「むー」

　町はそう大きくないようだった。家々の屋根の向こうに山が見えている。

帆高は念のため刀を鞘袋から取り出した。稔も調理のために荷物に入れてあった鞘つきのペティナイフを取り出してベルトに刺す。

「ほたほた、敵のデータないの？　プロパティとか弱点とか！」

「んー」

いつの間にかアスファルトではなく剥き出しの地面となっていた通りを歩きつつ、帆高は記憶をひっくり返した。

「名前は、キーツ。所持魔法は精神攻撃系？　幻惑とか幻影の類、かな。鏡とかに映った姿しか見たことないし。それから人を操れる。基本、攻撃は操った人たちにさせて、本体が出張ることはないみたい」

通りのところどころに布に包まれたちょうど人間くらいの大きさの塊が転がっている。

かつて父の躯を好きにしていたキーツに見せられた映画のワンシーンが連想され、帆高はできるだけ塊に近づかないで済むよう通りの中央を歩いた。

「安全圏に引っこんでいるってことは、本体への攻撃に弱いのかもしれないいな」

稔がゲーム脳で予測する。稔が盛り上がってくると興奮して奇声を発するタイプなら、隆也は最後までクールに攻めるタイプだ。

「精神攻撃系って言ったけど、単なる目くらましってことはないか？　いるのに直接は見えないよう隠蔽《いんぺい》されてるだけとか……」

「あ、そうかも。殴ったことあるし。そういえば大してダメージ与えられてなさそうだったのに、すぐ撤退していったなあ」

一番最初に会った時、キーツに食らわせた裏拳の厭な感触を思い出し、帆高は顔を顰める。稔が掌を打ち合わせた。

「攻略できそうな気がしてきた！　誰か鏡持ってるか？」

撃退方法を見つけられたかもしれないのに、三人とも鏡など持っていなかった。

「じゃあまず、アイテムの探索だな！」

稔が清々《すがすが》しいほど潔く、立ち並ぶ洋館のひとつに近づいてゆく。

「家捜しすんのか？」

「屋内入るの、いよいよホラゲーっぽくてやなんだけど……」

のろのろと歩く二人を置いて、稔は短い階段を駆け上る。ポーチの上に立つと、ベルトに差してあった包丁が抜かれた。ノブに手をかけて細くドアを開く。

まるで待ちかまえていたように中から一斉に手が伸びてきた。

「え、あ、おいい……っ！」

長身がなす術《すべ》もなくドアの中へと引きずりこまれてゆくさまに、帆高は仰天《ぎょうてん》する。

「稔！　帆高、これちょっと借せ。おまえはここで待ってろ」

帆高が持っていた鞘から刀がすらりと引き抜かれた。隆也がポーチへと駆け上り、ドアを大きく開く。

家の中は異常に暗く、何が起こっているかよく見えない。こうしてはいられないと帆高も一歩踏み出し――うなじに風を感じて振り返った。

「へ……？」

道端に転がっていた塊の一つがすぐ後ろにいて、どきりとする。やっぱりあれは死体だったらしい。青黒く変色した手の中でぎらりと光を反射しているのは、大きな斧《おの》だろうか？

――今のって、刃物を振り抜いた時に生じた風？　もしかして僕、斬首されるところだった？

全身の毛穴がきゅっと締まる。

見れば、ぽつりぽつりと転がっていた塊のどれもが動きだし、這いずったりよろよろと歩いたりして帆高の方へ向かってきていた。だが、稔が刀を持っていってしまったので帆高の手には鞘しかない。

合流しないと。

帆高は隆也が消えた扉めがけて走り始めた。だが階段を二段上ったところで足がずぶりと沈んでしまう。

「わ……っ!?」

腐った床を踏み抜いてしまったのだ。

とっさに突いた手の下でもみしみしと音がした。

さっき、稔と隆也の体重を平気で受け止めていたのに？　腐っている？

謎を解明している暇はなかった。斧を持ったおぞましいものがのろのろと近づいてくる。

足を引き抜こうと体重を傾けると、手の下で板が割れた。

床板だけではない。ポーチ全体がみるみるうちに腐食し崩壊してゆく。陽が陰ったような気がして見上げると、長く張り出した庇もまた傾いでこようとしていた。

逃げないと――あれが頭の上に落ちてくる――。

自重で引き裂かれる木材の悲鳴が聞こえた。焦るせいか穴に刺さった足首が抜けない。

様々な音に混じって何かが折れる音がやけに明瞭に聞こえ、帆高は両手で頭をかばう。

大丈夫、たかが庇だ。家の前面と同じだけの横幅がありかなり大きいが腐っているし、多少怪我をするくらいで死にはしない。――多分。きっと。おそらくは。

ポーチどころか家全体が崩れてゆく轟音が聞こえる。だが、衝撃はいつまで経ってもやってこなかった。

「――――あれ？」

帆高は恐る恐る目を上げてみる。すると、あちこち埃で白くなった黒シャツが見えた。誰かが帆高の上に覆い被さっている。

誰かなんか考えるまでもなかった。

リオンだ。

ああ、また、だ。

二度と同じ失敗をしないつもりだったのに、僕はまたこの人に苦痛を肩代わりさせている。

帆高は歯を食いしばり瓦礫《がれき》の重さに耐えているリオンの頬に触れた。燐光《りんこう》を放つ薄い青の瞳が帆高を捉える。

綺麗だ、と帆高は思った。

姿だけでなく心まで綺麗。こんなに綺麗な人が自分なんかのために傷ついていいわけないのに。

ふっと息を吐き気合いを入れたリオンが勢いよく上半身を起こす。背に載っていた木材が音を立てて落ち、埃が上がった。開けた視界の向こうに、斧を振り上げた塊が見える。帆高の足はまだ穴にはまっていて動けない。

避けられないと思ったが、リオンは斬りかかられるまで待っていなかった。

ごついブーツに守られた足が人に非ざるものの腹を蹴り飛ばす。

それが後ろに吹っ飛んでゆくのを最後まで見ず、リオンは帆高に向き直り、腕を掴んだ。

「立て。早く」

「う、うん……」

踏ん張るより早く、リオンが帆高を引っ張って立たせる。引っかかっていた足首は、数度ねじったら抜けた。

廃材の上は足場が悪くて動きにくい。よろよろしながら地面に下りようとしたところで、リオンに服の背中を引っ張られた。

「ぎゃっ」

体重を支えられなかった足下が崩れ、廃材の上に背中から倒れてしまう。

手から鞘が飛んでいく。視界を流れる青空を重量感のあるものが横切っていき——リオンの肘から先が跳んだ。

「あ……」

書き割りのように残っていた壁に突き刺さった斧が震える。

さっきの化け物がこれを投擲《とうてき》したらしい。そしてリオンは帆高を庇った代償に、今度は片腕を失った。

——リオンが傷つくのはいつだって、帆高のせいだ。

「走れ」

地面へと飛び下りたリオンに腕を掴まれ、帆高はふらふらと立ち上がった。帆高の手を引き走るリオンの傷口からとめどなく血が溢れ、点々と地面に跡を残す。

「う、腕……腕が、リオン……っ！」

「これくらいで動揺するな。知っているだろう。俺は人とは違う。これくらいの怪我、すぐ治る」

——治ればいいという問題じゃない。

走っているうちに町のはずれまで達し、帆高とリオンは森の中に逃げこんだ。

「はあ……っ、はあ、はあ……っ」

異形《いぎょう》たちがもう追ってこないとわかると、リオンはようやく足を止め、血が流れ続けている傷口を押さえた。

今の今まで走っていたのに、血を失いすぎたせいか顔色が青白く、異常なほど汗を掻いている。

「リオン……大丈夫……じゃないよね？　ど、どうすればいい……？」

全力疾走《しっそう》したのなんて久しぶりだ。がくがく震える膝を適当な立ち木に掴まることで支えながら問うと、リオンは帆高を振り返った。

双眸が冷ややかな青い光を放っている。淫らな疼きを覚え、帆高はどうしてこんな時にと一瞬戸惑った。でも、すぐ気がつく。

違う。

帆高ではない。リオンが血を欲しているのだ。

「そっか、血……！　血を飲めば治るよね？」

帆高はシャツの襟を引っ張った。必要なら最後の一滴まで飲み干されてもかまわない覚悟で首筋を露出させ、噛みつきやすいように首を傾ける。

「はい、どうぞ」

まだ荒い息を整えながら歩み寄ると、飢えた獣のようだったリオンの目がふっと力をなくした。

「リオン……？」

「だ、だめだ……」

掌で口元を押さえてしまう。帆高は小さく首を傾げた。

「──どうして？　お父さんやお母さん、見ず知らずの女の子ならいいのに、僕の血は飲めないの？」

眠っている間に何度も与えたことがあるのだから、帆高の血に問題がないのは明白だ。ただ単に、リオンが厭なだけなのだろう。

リオンは帆高が与えようとするなにもかもを拒絶する。

——いいよ、もう。

帆高はリオンのシャツの襟元を鷲掴みにし、ぐいと引き寄せた。

「僕の血なんか飲みたくないかもしれないけど、意地を張ってる場合じゃないよね？　今また奴らが来たら詰んでしまう。僕はまだ死にたくない。飲んで」

本心とはまるで違う言葉を投げつけて、説得する。帆高はただ怪我を治して欲しいだけなのだけれど、きっとリオンはこういう言い方をしないと聞いてくれない。

熱っぽい視線が剥き出しになった膚の上をさまよう。

やっと手が伸びてきたと思ったら、シャツを押さえていた手が取られ、親指のつけ根の膨らみに牙が立てられた。

「あ……」

いつも血を飲ませるのと同じ場所にドキリとする。

まさか、勝手に血を飲ませていることに気づいてたわけじゃないよね……？

痛いと思ったのは一瞬だった。鼓動が強く、速くなる。瞬く間に全身を熱に侵され、帆高は陶然となった。

力が抜け、がくんとその場に膝を突く。

「あ……あ……っ」

リオンは立ったまま帆高を見下ろしている。視線が絡み、帆高は奇妙な錯覚を覚えた。

セックス、してる。

僕は、リオンと。

他の人が普通に行っている行為よりずっと深くリオンと繋がって、心まで溶けて混ざり合おうとしているよう。

気がつけば、心臓だけでなく、性器まで拍動していた。

——こんな風になっちゃいけないのに。

「リ、リオン……っ、ま、だ……?」

薄い青の瞳が細められる。

ゆっくりと牙が抜かれた瞬間に達しそうになってしまい、帆高は白い喉を仰け反らせた。

「ん……っ」

力の抜けた躯をリオンが抱き留める。

「大丈夫か?」

「う……うん……っ」

全身を包みこむような体温が、揺るぎない腕の強さが切ないくらい心地いい。

リオンが帆高を傍の木の根本に寄りかかるように座らせてくれる。リオンが立ち上がる直前、こめかみの辺りにあたたかなものが押しつけられたような気がして、帆高の心臓は止まりそうになった。

――キス、された？　でも、どうして……？　僕のことなんか、嫌いなんじゃないの……？

「町の様子を見てくる。少し休んでいろ」

「ん……」

気がつけばリオンの左腕からの出血は止まっていた。切断面が古傷のように引き攣った皮膚で覆われている。さすがに腕一本生えたりはしないらしい。

リオンが木々の間に姿を消し、葉擦れの音も遠ざかると、帆高ははあと大きな溜息をついて抱えた膝の上に額を載せた。

「これは、献血。そしてこれは、単なる副作用。それ以外の意味なんてない。あるわけない……」

僕はリオンに欲情したりしていない。やましい心なんか持ってない。

現在の関係を維持するための魔法の呪文を帆高は必死に唱える。

そろそろと膝を開いてカーゴパンツのジッパーを下げると、リオンが気づかなかったのが不思議なくらいそこは滾っていた。いや、気づいていたから、この場を離れてくれたのかもしれない。

いつもならうずくまって収まるのを待つ。触ればどうしたってリオンのことを考えてしまいそうだし、たとえ妄想の中だけでもリオンを穢したくなかったからだ。

でも、今はリオンが帰ってくるまでに鎮めないといけなかった。

「ごめんなさい……」

リオンは巻きこんだ責任——そんなもの、ないようなものなのだけど——を果たすために助けてくれてるだけ。そんなつもりなど欠片もないのに、勝手にえっちな気分になって、一人でこんないやらしいことをして、……ごめんなさい。

帆高は急いで熱を吐き出そうとした。

何も考えまい、肉体的な刺激のみで上り詰めようと思うのに、リオンの唇のやわらかさが勝手に頭の中で蘇る。

うまそうに血を啜る水音がひどく淫猥に耳に響いた。

膚の上を舌が動くたび、腰が疼いてたまらなくて。

リオン。

想いが弾ける。

「あ、あ……っ」

地面に散った白を、帆高は胸を喘がせぼんやりと見下ろした。

——僕はあの清廉《せいれん》な人を誰より穢している。

のろのろと服を直し、射精の跡を踏みにじって隠滅する。それから別の場所に改めて腰を下ろすと、ふと思い出してスマホを取り出してみた。思った通り圏外だ。雲の向こうにうっすら透けて見える太陽は迷子になった時から動いていないように思えるのに、表示されている時刻はもう夜になっていた。

　森の中は不気味なほど静かだ。どこか遠くから水が流れる音が聞こえてくるだけで鳥の声も動物の気配もない。力まかせに引っ張られたせいか鈍く痛む肩を軽くストレッチしながら待っていると、リオンが戻ってきた。元通りになった左腕に、先刻自分の腕を断ち落とした斧を握っている。

「リオン！　おかえり。腕、治ったんだ！」

　帆高はあえて朗らかにリオンを迎えた。いつも冷徹に帆高を見下ろしていたリオンの視線が僅《わず》かに揺れる。

「……ああ。回収してくっつけた」

　いくら人ではないとは言え、そんなのありなのだろうかと思ったが、現実にリオンの腕は滑らかに動いていた。断ち切られた袖から見える肘には切断線さえ残っていない。

「あの家まで戻ったの？」

「ああ」

「隆也と稔は？　いた？」

　リオンは斧を地面に突き立てると、帆高の前にあぐらを掻いた。

「どこにいるのかわからなかった。あの場に気配はなかったから、死んだか逃げたかのどちらかだろう」

冷淡な返答だなと帆高は思う。だが仕方ない。リオンにとって大事なのはご主人様だけ。他はおまけに過ぎない。帆高もだ。

「ねえ、キーツって、倒しても復活するって言ってたけど、完全に倒す方法はないの？」

打てば響くように答えが返ってくる。

「ある。あいつが今動けているのは、他者の生命力《エナジィ》を溜めこんでいるからだ。俺が噛んで奪えば、あいつは消滅せざるを得ない。あるいは――」

左腰をさまよう視線に帆高はなんとなく刀を連想した。リオンは中途半端に言葉を切り、話を元に戻す。

「だが、このことはあいつもわかっている。俺の前には決して現れない」

「どうにかしておびき出せばいいのかな。前に腐りかけた姿が鏡の向こうに見えたことがあるけど……あれは何しに来たんだろう……」

「おまえを僕《しもべ》にしようとしたんだろう」

肌が粟立った。

「あの時、僕もさっちゃんみたいにされるところだったってこと!?」

「獲物を食らったり手駒《てごま》を取りこむ時にはさすがに直接出向く必要がある」

とても大切なことを言われたような気がした。

「手駒を取りこむ時……？」

稔の隣人のさっちゃん。帆高の父と母。

キーツは標的に近しい者を僕《しもべ》に選ぼうとする。その方が効果的だからだ。痛めつけ、絶望を味わわせるのに。

「稔や隆也を見つけたら、キーツは絶対僕《しもべ》にしようとするんじゃない？」

「そうだろうな」

リオンの声には、苦々しい響きがあった。リオンも同じ可能性に気づいていたのだろう。だが、うまくすればキーツを罠にかけられるかもしれない。

「あっ、でも、二人を見つけられないことにはどうしようもないか。スマホが使えれば色々と簡単だったたんだけど」

「スマホ？　何だそれは」

引きこもりだったリオンにスマホに関する知識はないらしい。帆高はポケットからスマホを出して見せる。

「これ。電波が飛んでいれば離れていても話ができるんだけど……」

「貸せ」

帆高の手の中からスマホを奪うと、リオンは待ち受け画面が表示されている表面に掌を滑らせた。

「これでどうだ」

返されたスマホの画面を見た帆高は驚く。アンテナが立っていた。

「うっそ。何これ魔法？」

「ここは現実世界の理《ことわり》には縛られていない。無茶が利く。——おまえのトモダチはどこにいる？」

「待って」

帆高は薄い画面に指先を滑らせた。隆也の番号に電話をかける。

聞き慣れたコール音が聞こえた。

「やった……！　使えそう……！」

リオンに親指を立てて見せている間に、通話が繋がる。

『帆高ー？　無事かー？』

生きていた。

いつもと変わらずのんびりしている隆也の声を聞いたら鼻の奥につんと痛みが走り、帆高はびっくりした。自覚していた以上に気持ちが参っていたらしい。でも泣いている場合ではない。この危地から脱しなければならない。

「無事。今、どこにいるの？」

のんびりとお互いの無事を喜び合っている時間が惜しい。端的に用件を告げる。

『町の外れだ。えーと、太陽から遠い方、だな。川がある。……ちょっと黙ってろって、稔』

帆高は頭上を見上げた。枝葉の間にぼんやりと見える太陽の位置を確認する。近い。そういえばさっきから水音も聞こえていた。

「わかった。僕たちも近くにいるんだ。川を目指して移動する。周囲に気味の悪いやつらはいる？」

『いや。町を出たあたりで振り切れたみたいだ』

自分にも喋らせろと騒ぐ稔の声が背景に聞こえる。こちらも相変わらず元気なようだ。

「了解。一旦切る。稔によろしく」

通話を切ると、帆高はほうと安堵の溜息をついた。それからリオンに満面の笑みを向ける。

「リオン、二人とも無事だって！」

「ああ、聞こえた。……だが、覚悟しておけ」

せっかく二人の無事が確認できたというのに帆高を見下ろすリオンの瞳は暗かった。

「覚悟？」

「二人とももうとっくにキーツのものになっているかもしれない」

さっちゃんや両親のように。

帆高は立ち上がると膝をはたいた。

「そうかもね。でもそうなってたら、またリオンが噛んで助けてくれるんでしょう？」

耳を澄ませ、行くべき方向を見定める。

「……おまえは俺に噛まれるということを、何だと思っているんだ？」

歩き始めた帆高をリオンのあきれた声が追ってくる。帆高は笑った。

「リオンの仲間になること！」

他のヴァンパイアだったら警戒もするが、リオンが皆を傷つけるようなことをするはずがない。

迷いつつも川にたどり着くと、帆高は一旦リオンと別れた。

対岸の大きな岩の上に座っている稔と隆也がすぐ見つかる。服はあちこち傷んでいるものの怪我をしている様子はない。

「ほたほたー！」

茂みから一人で出てきた帆高に気づいた稔がぶんぶんと手を振る。相変わらずのハイテンションぶりに気が抜けた。

「みのりん、隆也、無事でよかった！　よくあの『手』から逃れられたね」

「駄目かと思ったんだけど、隆也が入ってくるなりざざーっと引いていったんだよ。壮観だった」

隆也の指が傍らに置いてあった刀の柄を撫でる。

「こいつを持っていたせいじゃないかな。ほら、刃物を嫌う妖怪っていただろ？」

「刀身が鏡のように反射するのを厭がったのかもしれないぜ？　とにかくそれで躯が自由になってさ。戻ろうと思ったんだけどいきなり家が崩れ始めたから裏口から逃げたんだ。帆高が心配だったけど、家の表の方には妙なやつらがうろうろしていたし、あれ見た隆也がビビっちまってさー」

隆也の厚みのある背中が丸まる。

「普通ビビるだろー？　興奮するおまえがおかしいんだよ」

「でも、行ってみたら、あいつら俺らのこと避けていくんだ。全然平気だった」

「何それずるい」

なぜ彼らが異形たちに忌避《きひ》されたのかはわからなかったが、けらけらと笑いながら説明する稔はいつもと変わらないように思えた。まだキーツの手に落ちてはなさそうだ。

帆高は左右を見渡して、川を渡れそうな場所を探す。早く友人たちの傍に行って、キーツを罠にかけるための計画について話したい。

「隆也？　どした？」

さらさらと流れる水の音に交じって聞こえてきた稔の怪訝そうな声に、帆高はつと顔を上げた。

刀身を眺めていた隆也の表情が硬い。軽く添える程度だった手はきつく柄を握り締めているようだ。

「それで帆高。リオンはまだ助けに来てくれてないのか?」

硬い声音に緊張が走る。どうしてそんなことを聞くのかと問い返そうとして、帆高は息を呑んだ。誰かが足首を掴んでいる。見下ろせば、水中の岩の下から白い——だが、ところどころ焼き爛れた腕が伸びていた。

「隆也……?」

もしかして、遅かった? もう気の置けない友人はキーツのものになってしまっていたのか——?

隆也は俯いたまま顔を上げようとしない。

手に持っている刀身がきらりと光った。

不意に顔を上げて帆高を見る。いいや、見ているのは帆高ではない。少し左にずれた、後方だ。

——隆也が見ていたのは、刀身に映る像か!

帆高がぱっと背後を振り返ったのに一瞬遅れて、もしキーツが現れたら不意を突くため隠れていたリオンが茂みの中から駆けだしてきた。振りかぶられた斧はどす黒い血で汚れている。

重い凶器が振り抜かれる瞬間、やわらかな水っぽいものをかき混ぜるのに似た音が湧き起こった。

空気が揺れ、術が砕け――帆高は思わず掌を口元に翳す。

「ぎゃー！　気持ち悪っ、気持ち悪――！」

河原にキーツが出現していた。

前に見た時より腐敗が進んでいる。リオンに切りつけられた傷口からこぼれ落ちる臓腑《ぞうふ》も血も黒ずみ、悪臭が凄まじい。

胴がちぎれかけているというのに、キーツの動きは早かった。上着の下から金と赤で装飾された骨董品のような銃が取り出される。

にんまりと笑んだキーツが二丁拳銃を向けたのは、リオンではなく帆高だった。

――こいつ――！

また、だ。

また、かつてと同じ情景が再現される。他の者を狙えばリオンが自分から攻撃を受けにきてくれると、キーツは知っているのだ。

恐れたとおり、重い斧を放り投げ、リオンが地を蹴った。

覆い被さるようにして押し倒されつつも、帆高は抗う。リオンにはもう傷ついて欲しくなかったからだ。

でも、無駄だった。轟音と共にリオンの躯が揺れ、のしかかってくる力の抜けた躯を帆高はやるせない気持ちで受け止める。

「リオン……っ」

酷い苦痛に濁った目が帆高を映した。

「抵抗、しようと、したな……？」

「あ……当たり前だろ！　さっき酷い怪我したばかりなのに、またこんな……血を流して……」

リオンが苦い笑みを浮かべる。

「問題ない。どうせ治る」

「問題なくない！　もし治らなかったらどうするんだよ……」

半泣きの帆高の頬を、リオンが撫でた。

「心配はいらない。心臓を貫いてみたこともあるが、何十年か眠っただけでまた目覚めた……」

血の気が引いてゆく。

攻撃されたという言い方じゃなかった。自分で試してみたということだろうか？

ご主人様に殉じるために？　そんなにご主人様が大事ってわけ？

リオンの背後ではキーツが悠々と銃に鉛玉をこめている。

痛みを堪え、リオンがのろのろと身を起こした。青白い光を帯びた双眸がキーツを捉える。リオンが噛めばキーツは消滅する。だが、リオンは弱っている。その隙をキーツからもぎとれそうにない。では、どうする？

帆高は掌に歯を立てて、先刻リオンに血を吸われた傷を広げた。

血が匂い立つのが自分でもわかった。リオンが弾かれたように振り返る。

「飲んで」

リオンに抗えるはずがなかった。大量の血を流し、リオンの躯は糧《エナジイ》を必要としている。獣のように食らいつかれ、帆高は快楽の嵐に抗するため奥歯を噛みしめた。キーツが顔を顰め、銃を構える。また銃声が鳴り響き血が飛沫《しぶ》いたが、リオンは帆高の生命を貪《むさぼ》るのを止めない。

かあっと躯が熱くなるのを感じた。同時に貧血を起こしつつあるらしく、視界が暗く、狭くなってゆく。帆高の目にはもうリオンしか見えない。

銃を投げ捨てたキーツが斧を拾い上げ、雄叫びを上げた。帆高諸共《もろとも》鈍い刃を食いこませようと襲いかかってくる。

だが、存分に喉を潤したリオンは軽々と攻撃を避けてのけた。のみならず、帆高を突き飛ばす。

「――――え？」

胸を押されたと思ったら躯が宙に浮いていた。突き飛ばしたのではない、対岸へと放り投げられたのだ。そう理解した帆高の視界に、河原で慌てる友人たちの姿が映った。

「ウッソ」

「投げるか、普通！」

高さも距離もある。加えて帆高はそう運動神経のいい方ではない。でも、怪我をする気はしなかった。

水音や皆の靴音がかつてないほど鮮明に聞こえる。見えづらくなっていたはずの視界が広がり、特に生き物の姿が内側から発光でもしているかのようにくっきり見えた。躯が勝手に動き、帆高は猫のように空中で体勢を整え足から浅瀬に着水する。派手に水飛沫《しぶき》が上がり、稔と隆也が目を丸くした。

「何だよ、今の！」

――何なんだろう？

よくわからないけれど、リオンが何かしたのだろう。今の自分はいつもの自分とは違う。動揺するのが当たり前だと思うのに、心まで異常に落ち着いている。

顔を上げると、すぐ傍にいる隆也が持っている刀の刀身に、青白い炎がまとわりついているように見えた。

――キーツの僕《しもべ》たちが逃げたのは、だから、か。

隆也に近づこうとして帆高は水中にがくりと膝を突く。

「帆高……？」

水中で足を引っ張るものがあった。だが、かまっている暇はない。帆高は隆也に向かって手を伸ばす。

「ちょうだい」

対岸では、リオンとキーツが争っている。既に取り回しの悪い斧は川に捨てられキーツはどこに隠し持っていたのかダガーを構えていた。対するリオンは無手で攻めあぐねている。

「え？」

「早く、刀を。こっちへ……！」

足を引く手の数が増え、抵抗するのが難しくなってきていた。時間がない。

「う、うん」

隆也が鍔《つば》に近いところを持ち、恐る恐る帆高に差し出す。帆高はそれを掴むなり、投げた。対岸の、リオンへと向かって。

「うっわ、なんつーあぶねーことを！」

「大丈夫」

ひたと向けた視線の向こう、長い刀がくるくると回りながら飛んでゆく。軌道上にあるものすべてが薙《な》ぎ払われるかと思われたが、リオンは視線も向けずに柄を掴み取った。そのまま流れるような動きでキーッに斬りつける。

白刃が腐った肉に沈む。振り抜いた瞬間、びしゃっと音がして、溶けかけた組織が飛び散った。

キーッが叫ぶ。肺の中の空気全部を吐き出そうとするかのように、長く長く、長く。

人間の発するものとは思えない不快な声が陰々と空に響いた。

執拗《しつよう》にリオンを苦しめてきた死人の断末魔の叫びだ。

忌まわしい姿が崩れてゆく。だが、帆高にキーッの最後の瞬間を見ることはできなかった。

「帆高！」

とぷん。

無数の手に頭まで水の中に引きずりこまれる。

帆高は手に抗い、もがいた。稔たちの声が聞こえたが指先は虚《むな》しく水底の石を掻くばかり、どんどん深みへと引っ張られ、世界は闇に閉ざされる。

＋　＋　＋

凄いのを見つけたんだ。

目を輝かせて、ノックもせずに部屋に飛びこんできたのは、三代前の主だったろうか。ソファに座り足の間に剣を立て、主の訪れを待っていたリオンが唇端をうっそりと持ち上げると、主は興奮に紅潮させていた頬を一気に蒼褪めさせた。

「……ええと、何怒ってんの、リオン」

無愛想なリオンは笑わない。たわめられた唇は機嫌の良さではなく、威嚇《いかく》を表している。

「外出する時は、必ず俺が同行すると言ったはずだが」

「ああ、キーツの呪いを心配してんの？　大丈夫だよ。最後に災《わざわ》いをもたらしたのは僕が生まれる前の話だろ？　それに今回はリオンを驚かせたくて！」

当時のリオンの主は年若かった。先代が若死にしたせいで、まだ二十歳《はたち》にもならない。乳母《うば》の手も借りたが、主はリオンが育てた。絶対の忠誠を誓うと同時にリオンはこの子を、孫のように息子のように愛おしんできた。

「来て！」

剣を扱うせいでごつごつと硬いリオンの手を主が引っ張る。ホー家のものはリオンを家族のように扱っていた。リオンはヴァンパイア、使役される化け物に過ぎないのに。

　リオンは体重を前に傾けると、剣を片手に持ち替え立ち上がった。館の中には他人の気配があった。主が連れ帰った客だろう。

　天井の高いホールに硬い靴音が反響する。歩みの遅いリオンを引きずるようにして応接間に入った主は、ほら、と片手でテーブルの上を示した。

　ちょうどセッティングが終わったところなのだろう、エキゾチックな風貌の老人が会《え》釈《しゃく》し、後ろに下がる。

　それは、そう大きくはなかった。片腕ほどの長さで、優美な曲線を描いた腹は闇を吸いこむような黒漆《くろうるし》で塗りこめられている。

　滑らかな表面に円環状に突き出たものはおそらく鍔。これは、武器だ。

「まさかこれは……」

「カタナだよ！　抜いて見せて」

　主の指示に、老人が小さく頭を下げて台から取り上げる。小さな音の後、鞘から抜き出された刀身は美しかった。

　この国で使われている剣に比べれば繊細で華奢《きゃしゃ》にすら見えるが、曇りなく白銀に輝く鋼には背筋が震えるような凄みがあった。

「この間、愛剣にガタがき始めてるって言ってただろう？　ちょうど今王城に滞在している老貴族がオリエンタリズムに傾倒していて凄くいいカタナを何本も所有しているって聞いたから、見せてもらいに行ったんだ。本当に凄くよかったから譲ってもらった。絶対にリオンも気に入ると思って」

屈託のない笑顔。こてなど使わずとも完璧な曲線を描く金髪が肩の上で揺れている。心の底からリオンのためにいいものを手に入れられてよかったと、喜んでいるのだ。期待通り喜んでやるのも業腹《ごうはら》で、リオンは再び唇の端を引き上げる。

「それで？　このカタナ一本にいくら払ったんだ、ゲイブリエル」

主の笑顔が引き攣った。

「はは、プレゼントの値段を聞くなんて野暮《やぼ》だなあ、リオン」

滅多に得られない珍品である。後先考えず大枚叩いたに違いない。この主のしたいままにさせていたら、あまり裕福とは言えない侯家などあっという間に破産してしまう。そうならないよう、いつもならたっぷりと説教をしてやるのだが。

そうする代わりに、リオンはコートの裾をさばき膝を突いた。

大きく目を見開いた主に向かって頭を垂れる。

「……感謝する」

笑った気配を感じた。

「やだな。君のこれまでの忠誠と献身を思えば、これくらいなんてことないよ。それに君には、僕の息子や孫の面倒も見てもらわなきゃいけないんだし」

「……確かにそう思うと、なんてことないな」

「ふふ」

可愛げのまるでない憎まれ口に今度こそ声を上げて笑い、主も膝を折る。

「君がそういう風に偉そうにしているのを見ると、安心するよ。これからもよろしく、リオン」

顔を上げると、貴族らしくノーブルで若々しい顔がすぐ目の前にあった。

俺が守り続けた一族の末裔《まつえい》。俺の育てた誰より愛しい子。

契約なんか関係ない。俺がここにいる限りは、何者にも汚させない。

「ああ。ではこれからもびしばしやるとしよう、主」

＋　＋　＋

ちりりと、金属が擦れる微かな音が聞こえた。

常人には聞き取る事など不可能な音をそうと知覚するより早く、主の身支度を手伝っていたリオンは持っていたタイを放り出し踵を返していた。

「リオン!?」

「後は自分でやれ」

小走りにバルコニーに出れば陽射しが目を灼く。無造作に手すりを飛び越えると背後から悲鳴が上がったが、リオンは気にせず二階下のタイル張りのテラスに着地して音のした方向へ風のように走った。

あれは刀が鞘から抜き出される音だ。リオンが主から賜った日本刀に、誰かが勝手に触っている。

不届き者への怒りが血管を駆け巡り、全身を熱くした。

――傷ひとつでもつけたら許さない。

主の部屋を飛び出して、ほんの数秒で己の部屋の前まで到達する。開いていた掃き出し窓から中を覗きこみ、リオンは息を呑んだ。

「――若君」

煮え滾っていた血の気が一気に引いた。

刀が置かれている暖炉の前に、テラスから引きずりこんだのだろう籐《とう》の丸椅子があった。その上に、主の一人息子が上っている。

まだ五歳、やんちゃ盛りの若君はしっかりと刀の柄を掴んでいた。刀は刀掛けから外れかけ、斜めになっている。いつの間に見覚えたのか、鯉口が切られ、ぬらりと光る刀身がその姿を現しつつあった。

危ない。

この日本刀は恐ろしく切れ味がいい。形あるものばかりでなく霊魂までやすやすと斬ってのける。

呆然《ぼうぜん》と眺めていたのは一瞬だった。リオンは外国風のタイルを蹴り、部屋に飛びこんだ。すでに事態は小さな子供の手に余りつつあった。若君はリオンが来たのに気がつき鞘に戻そうと思ったようだが、子供の力では刀の重さにかなわない。自重で鞘から滑り落ちてゆく。

切っ先まで抜けてしまえば、若君の白い膝の上に刃が落ちるだろう。迷っている暇はない。

するりと抜け落ちた白銀をリオンは掌で受け止めた。びっくりした若君が仰け反った拍子に刀身が引かれ、氷のように冷たい刃が骨を削る。

「……っ」

椅子から落ちかけた若君の躯をもう一方の手で支えると、若君は膝立ちになっていた籐椅子の上にへたりこんだ。ただでさえ林檎のように血色のいい頬が真っ赤に染まり、空色の瞳が濡れてゆく。

「うえ……っ」

刀身をルビーのように赤い液体が伝い落ち、床を汚した。

恐ろしいものに触れてしまったかのように若君が手を引っこめると、落下した刀がさらに赤を飛び散らせる。腱が斬れてしまったのか、握れないリオンの掌からとめどなく赤が滴り、血だまりを作った。

若君が大声で泣き出したのと同時に、ようやくやって来た乳母の絹を裂くような悲鳴が上がる。

「……うるさい」

泣きじゃくる若君を片腕だけで抱き上げ、リオンは大股にテラスに出た。まだ叫んでいた乳母の口を血塗れの手で塞いでやると、悲鳴を聞きつけ駆けつけてきた使用人たちがぎょっとして後退る。皆が皆、同じように目を剝き凍りついた姿は滑稽《こっけい》だった。

「リオン、一体何が……ルーシャン!?」

ようやく駆けつけてきた主に若君を渡し、リオンは片手で室内を示してみせる。

暖炉の前に、切っ先の欠けた抜き身の刀が落ちていた。

日本刀の斬れ味は鋭いが、その分切っ先が極めて薄い。落下した角度が悪かったのだろう。

「……なんてことだ。すまない、リオン」

「気にするな。子供のしたことだ」

ほんの少し欠けただけなのに、刀は輝きを失っていた。

「だがそれは、父上の形見なのに……。それに、この血……」

リオンは目を逸らす。

現在の主は、この刀を下賜《かし》してくれた先代の子だった。

似合いの令嬢と結婚し、懐妊の喜びに領地が沸いた直後だった。ちょっとそこまで行くだけなのに護衛などいらないとリオンに何も告げず、妻に贈る百合を摘みに行って先代は獣に喰い殺された――ということになっている。

「ごべんらざいい……」

確かにこの刀は大事な思い出の品だったが、駄目になってしまったものは仕方がない。

「泣くな。大丈夫だ。知っているだろう？　こんなもの、すぐに治る」

動かない手を垂らし、リオンは若君の額にくちづける。それからちらりと主に視線をやった。

「武器庫の鍵を借りても？」

「ああ。だがその前に、こちらに」

泣いている子供を乳母に渡すと、主はリオンを部屋に引っ張りこんで扉を閉めた。カーテンを引いてから、リオンに向かって手を差し出す。まるで姫君をダンスに誘うかのように。

「……何だ」

「飲め」

「酷い顔色だぞ？　血をもらったら倒れるんじゃないか？」

「いいから早く飲め！　それからもう、怪我をするな」

「無茶を言う」

リオンは主の手を取った。人差し指の関節に唇を押し当てる。

「若君が無事でよかったろう？」

「おまえも無事でなきゃ駄目だって何度言ったらわかるんだ？　治るとはいえ痛いことに変わりないと父上から聞いている……」

「ゲイブリエルめ。余計なことを」

リオンはわずかに目を細め、主の手首を返した。うっすらと青い静脈《じょうみゃく》の浮く手首にくちづける。

「……っ」

若く健康な膚に犬歯を食いこませると、血の甘い匂いが鼻の奥を刺激する。リオンは溢れ出る熱い血潮《ちしお》をうっとりと味わった。

この主もゲイブリエルと同じく、リオンの子で孫で友だった。今や主に尽くし幸せに導だと。

くのがリオンの生きるよすがだ。外の世界にも女にも興味はない。わかっているからだ。うまくゆくのは一時だけ。正体が知れたらリオンは排斥される。安寧はここにしかないのだと。

苦痛など与えたくないが、愛する者の血は甘い。

一口啜っただけで傷ついた骨が軋み、再生が始まった。切れた神経の両端から触手のような突起が伸びてお互いを絡め取る。白い骨の上を新しいピンクの肉が覆い隠し、傷口を埋めていった。もう、虫が這うようなむずがゆさがあるだけで、痛みはない。

あるだけ全部飲み干してしまいたいという欲望に逆らい顔を背けると、リオンはチーフで主の傷口を押さえた。

「大丈夫か？」

先刻まで青白かった主の顔は、赤く火照っていた。

「大丈夫だが……今日の予定は変更だな」

気恥ずかしそうに微笑み、部屋を出ていく。奥方のところへ行ったのだろう。

リオンは改めて廊下側の扉から出ると、武器庫へと向かった。埃臭く薄暗い空間には最近のものから何世代も前のものまで様々な武具が保管されている。だが、あの刀ほど手に馴染むものはなく、リオンは仕方なくダガーを手に取った。

明るいうちに手入れを済ませ、日が落ちると同時に新しい武器を手に見回りに出かける。

まずは敷地をぐるりと取り囲む塀に飛び乗り一周する。森の中は暗く、人の目には容易には見渡せないが、リオンには見えた。青白い月の光の中、揺らめく黒い影が。

リオンの主は呪われていた。リオンもだ。

リオンはダガーを抜き、宙に身を踊らせる。音もなく着地すると同時に走り出し、影に向かってダガーを振り抜く。

「……っち」

だが、ダガーは何事もなく影の中を通り抜けてしまい、リオンは舌打ちした。あの日本刀だったなら、一刀の下に斬り伏せられたのにと。

仕方なく噛んで影を消滅させると、リオンは冴え冴えと光る満月を見上げた。これから月が欠けてゆくにつれ、この館に集まる悪しきものは増えてゆく。王に命じられるまま狩りに興じているうちにホー家は多くの恨みを買ってしまった。

「王が変わったら、我らの役目など誰も知らなくなるのかもしれないがな」

まだ噂でしかないが、戦争が起こるかもしれないと聞いた。この国がこの国のままいられる時は遠からず終わってしまうのだろう。

――いやもう変わりつつあるのか。もう何世代も前に、精霊《スピリッツ》の気配は絶えた。人々の生活は代わり、かつてのように忌まわしい術に傾倒したり呪いを行使しようとするものは減り続けている……。

だがそんな事、リオンには関係ない。リオンの視界には主しかいない。

「主にも一度、新月の晩を選んで見回りに同行してもらった方がいいかもしれないな」

こんなものを見せたくはないが、主には忘れてもらっては困る。己がどんな存在なのか
――どんな類のものに呪われているのか。

敷地の境界を一周し、各所に設置してあるまじないが壊れていないか確認して館に戻る。

夜明けまで後二回同じ事を繰り返してようやくリオンの夜は終わった。

+　+　+

「リオン、見てごらん。フジヤマが見えるよ。絵よりも綺麗だと思わないか?」

キモノと呼ばれるこの国の民族衣装と洋装が入り乱れる雑踏の中、リオンは主の後について歩いていた。

すでにリオンたちの故国はなくなっていた。ルーシャンが成人した年に戦争が始まり、大国に吸収されたのだ。

戦いの中、主と奥方は亡くなり、今度は若君と呼んでいたルーシャンがリオンの主と

なった。呪いのせいもあるが、ホー家の当主は若死にする者が多すぎる。

貴族のほとんどは故郷を追われ、ホー家は一時遠縁に当たる他国の侯爵の館に身を寄せた。だが、リオンの主はいつまでものうのうと他人の世話になっていられるような男ではない。何か思案しているようだと思っていたら、日本に行こうと言い出した。

——なぜ？

——金が採《と》れるらしいんだ。貿易をしてもいいし、新しい日本刀が買いたい。

幼いルーシャンがリオンの日本刀を駄目にしてしまった後、先代が新しい日本刀をどこからか求めてきてくれたが、こちらは粗悪品で形あるものしか切れなかった。

別に問題はない。先々代が衝動買いしてくるまでは、刀なしでやっていたのだ。だが、リオンが傷を負うたび、二人は申し訳なさそうな顔をする。

——ヨーロッパじゃ日本刀は珍品だけど、日本は原産国だ。きっとよりどり見どりだよ。祖父が一振り、父が一振り。次は僕がリオンにあげる番だ。

別に要らないと言っても聞くような主ではない。押し切られ、リオンは主と共に船に乗った。

海を渡るのは初めてだった。

甲板《かんぱん》に立ってぐるりを見渡すも青海原《あおうなばら》が広がるのみ、他に何も見えない。最初の頃は周囲を舞っていた海鳥も姿を消した。いつ果てるとも知れない退屈な日々にリオンはすっかり油断していた。

これほど広い海を越えて、呪いが追ってくるとは思わなかったのだ。

今思えば、甘いとしか言いようがない。

「刀剣を大量に所持している金満家《きんまんか》を紹介してもらったよ。気に入ったのがあれば売ってくれるそうだ」

船旅の間に覚えた日本語はかなり役に立った。

「それは本当に金満家なのか？」

「はは、屋台骨が傾いているなら逆に都合がいい」

黒くてぴかぴか光る車が町を抜け、郊外の林を走ってゆく。案内人が運転する車の中、主は上機嫌だった。夕刻の陽射しに、金色の髪がオレンジがかった色に染まっている。

鳥が鏃《やじり》の形を模して飛んでゆくのが見えた。

ねじくれた枝を空へと伸ばす巨木に、白く太い綱が結ばれている。奇妙な装飾の意味はわからなかったものの、この土地の空気には精霊の息吹が感じられた。

清らかで芳醇な、生命力《エナジィ》そのもののような気配――。

「主――わかるか？」

「え？　何が？」

主はきょとんとしている。この主はまだ狩りをしたことがなく、感覚が鈍い。獲物がいないのはいいことではあるのだが――と考えていたところで車が道を外れた。

「――――っ！」

通りの両脇には畑が広がっている。車は脱輪し、大きく傾いで止まった。扉に躯を打ちつけられた主が呻く。

「おい、どうした」

田舎道で、対向車も歩行者もない。事故を起こした理由がわからない。ぐったりとドアに寄りかかっている運転手の躯を揺すり、反応がないので肉の余った喉に指を埋めてみて、リオンは眉を顰めた。

「息をしていない……」

運転手は事切れていた。

厭な予感がふつふつと湧いてくる。

リオンは自分の側のドアから身を乗り出して周囲を見回した。見晴らしのいい畑の向こうには林が広がっていた。畑との境目に、大きな岩を立てた塚のようなものが見える。主の躯を白茶けた土の上へと引っ張り出すと、リオンはついでに運転手も車の中から引きずり出した。

「主……っ！」

さてどうやって道まで押し上げようかと車を眺めていると、ざわりと全身が粟立つ。

風を切る音が聞こえた。

それが何か認識するより早く、リオンは主を抱えこんでいた。

鈍い音と共に躯が弾かれたように前にのめる。凄まじい痛みに貫かれたリオンはぎりりと音が出るほど強く奥歯を噛みしめた。いきなり抱きしめられた主は何が起こっているのか理解できず、きょとんとしている。

「リオン……？」

「呪いだ、主。俺の後ろから出るな」

言葉みじかに現状を教え、刀を抜きつつ躯の向きを変える。リオンの躯には背中の左側から胸へと長い棒状のものが抜けていた。

矢だ。

腐食し汚泥に塗れている。

リオンの背中から突き出た矢羽を目にした主が息を呑んだ。二射目をリオンは刀で叩き落とす。

塚のそばに人影があった。やけに細い体格に目を細め、リオンは理解する。

いつ切れてもおかしくない弦《つる》をきりきりと引き絞っているのは、ほとんど骨だけになった骸《むくろ》だった。躯のあちこちに朽ちた武具のようなものが張りついているところを見ると、ここに葬《ほうむ》られていた武者《むしゃ》だろうか。

「の、呪いって、もうなくなったんじゃ……っ！」

「力を貯め、忘れた頃に襲い来る……あれはそういう存在だ。おまえの祖父もそうやって油断して、あれに殺された」

主たちはこの脅威《きょうい》をいつも忘れてしまう。それも呪いの一部なのかもしれないが、それで日々を心安く過ごせるなら別によかった。リオンが覚えていればいい。少なくともリオンの目の届くところで、主が呪いに負けたことはない。だから、今回も大丈夫。そう、思っていたのに。

次々に飛んでくる矢をがつんと切り捨てる。居場所さえわかれば武者は大した脅威ではなかった。銃器と違って充分対処できるし、矢の数には限りがあるに決まっている。

守りきれる。

だが、武者の足下からもう一体、這い出てくる骸があった。

「ちっ」

同時に放たれた二本の矢をさばききれず、もう一矢、受けてしまう。

痛い。

咳きこむと、肺を傷つけられたらしく血が唇を汚した。

「だめだ、リオン、逃げよう。……こんなに血が……、血が……っ」

背に抜けた矢羽を伝い落ちる血を目にした主は、ひどく動揺していた。

　またか、とリオンは淡々と思う。

　リオンはどうせ人ではない。主のために理から外れた肉体を最大限に活用するのは当然のことだ。ホー・ホーもそれを期待して契約を結んだのに、主たちはなぜ取り乱すのか。

「落ち着け。これくらいじゃ俺は死なない」

　だが、主は目にいっぱいに涙を溜めて激しく首を横に振った。

　馬鹿だなと思うと同時に愛おしいという気持ちが高まる。

　どれだけ血を流しても、リオンはこの主を守るつもりだった。

　武者に向き直ったリオンの背後で気配が動く。

「危ない……っ」

　ぎょっとして振り向くと、主が死んだはずの運転手に襲いかかられ応戦しようとしていた。

「止せ！　動いては駄目だ、主」

「でも、リオン一人でこれ以上は……！」

　無理だ、と言いたいのだろうか？　だが、リオンにはいくら傷つけてもいい肉体がある。どんな思い切ったことでもできる。最終的に主さえ無事ならばリオンの勝ちなのだ。決して難しい勝負ではなかったはずなのに。

　矢がリオンの陰から出てしまった主を貫いた。運転手が歯を剥き出し、倒れかかる主に噛みつこうとする。愛嬌のある顔に、別の男の顔が透けて見えた。

キーッ。

リオンは一刀の下に運転手の首を斬り飛ばした。矢はもう飛んでこなかった。主を貫いたのが、最後の一矢だったのかもしれない。

運転手が動き出すのがもう少し遅ければ——いや、自分が先に異変に気がついたならば。

いくら後悔したところで仕方がなかった。主はリオンと違って不死ではない。

「主……！」

膝の上に主を抱き上げたリオンを、運転手の首が嗤う。

「ははははは！　故国を追われた末、辺境の地で私に出し抜かれた気分はどうだ？　主を守ることすらできないなんて、君はとんだ契約者だ。初代はさぞかし悔やんでいることだろう、君のような屑《くず》を選び血を与えたことを」

「……うるさい……」

「俺の勝ちだな。これでホーの血筋は絶えた。次はおまえ……」

言葉が途中で途切れる。リオンは運転手の口の中に突き刺した刀を抜き、血糊を払った。刀はもう、刃こぼれしてぼろぼろだ。

「リオン……」

主の顔には死相が浮かんでいた。

赤くなり始めた空を、鳥が隊列を組んで飛んでゆく。先刻までは心躍らせ眺められた風景が、今はこんなにももの悲しい。

「血を……」

口元に差し出された指先を、リオンは強く握りこんだ。

「いらない」

「命、令。飲む、んだ。それから、契約、の、解除を……」

「断る」

意味のない行為かもしれない。だが『契約』はリオンと主を結ぶ繋がりのひとつだった。そしてリオンはこれ以上何一つ手放す気はない。

蒼褪めた顔を、弱々しい笑みが覆う。

「リオンは我が儘ばっかりだ……」

「そうか?」

きつく握りこまれた拳に、主がキスした。

「リオン、聞いて。僕は死んでまで穢されたく、ない。彼らみたいに」

主が視線で示した先には、運転手、そして力なくくずおれた二体の骸があった。運転手のように主が操られる様を想像して、リオンは身震いする。

「ここで土になるよりは、君に飲み干されたい。残った塵はきっと風にのって世界を巡る。

故郷にだって、帰れるかもしれない……」

リオンは息を詰めた。

故郷。

峻厳《しゅんげん》な峰々を白く塗りつぶす氷雪《ひょうせつ》が、芽吹いた緑の間で清楚《せいそ》に蕾《つぼみ》をほどいた花々が瞬時に脳裏に蘇る。ホー家の領地の景色に、リオンの故郷の山の景色が重なった。逃げるように故国を発った時も、遠縁のものに世話になっている間も、主は一度だって泣き言を言わなかったが、帰りたくないわけがなかった。

そして現在のリオンに、海を渡って主を一族の墓所に運ぶ力はない。

リオンは主の手を取り、掌にくちづけた。それから歯を立てると、主はああと溜息めいた声を漏らし四肢を震わせた。恍惚とした光をたたえた翠の瞳を覗きこみ、リオンは思う。吸血の快楽が、死の恐怖と苦痛を掻き消してくれればいいと。

こんな時でさえ主の血は甘く、リオンを酔わせる。

初めてすべて飲み干してしまいたいという欲望に従い、リオンは主を貪った。

生まれた時からこの人を見守ってきた。その父も、そのまた父も。主の存在はリオンに生きる意味を与え、永遠ともいえる時を越える力を与えた。

リオンに彼らのいない未来を思い描くことはできない。

まだかすかに息があるのに、主の躯が端からさらさらと崩れ始める。真綿のように軽いそれは、地面に落ちるより早く風にさらわれ散っていった。最後に残った小指の骨を拾い上げ町に戻ると、リオンは主と自分の荷物の始末をつけた。それから誰にも見つからないであろう山の中、故郷に流布《るふ》していた伝承に従い木の杭で心臓を貫いて死んだ。

＋　＋　＋

気がつくと、帆高は革張りのソファに横になっていた。躯の上にはチェック柄のふわふわブランケットがかかっている。

ソファの前には赤々と火が燃える暖炉があったが、明かりの届かない場所は闇に沈んでいた。

もう夜なのだ。

暖炉の前に立っていた金髪の男が振り返る。

「さてこのようにして、僕たちはリオンと長い長い時を過ごしてきた。僕たちにとってリオンはこのうえなく大事な存在だった。死して後《のち》も幸福を祈ってやまないほどにね」

帆高はブランケットを押しのけた。ほっそりとした躯が勢いよく起きあがる。

「――ご主人様!?」

「あ、その呼び方、いいなあ」

太い薪《まき》を一本火に投げこむと、ルーシャンは帆高が退いて空いたスペースに腰かけた。

暖炉から投げかけられる光に金髪がきらきら輝いている。

「どうして……あ、ここはまだ……夢の中……？」

こんな家、知らない。必死に状況を把握しようと努める帆高の髪にルーシャンが触れた。

「そうだね。君は川の中に引きずりこまれて失神した。でもまだ死んではいなかったから、ここに招待した。もう一度話をしてみたかったから」

帆高はブランケットを抱きしめて少し後退る。

「……あなた、幽霊だよね……？」

「ご名答」

「僕じゃなくて、リオンに会いに行ってあげればいいのに」

ルーシャンは気まずそうに頭を掻いた。暖炉の中で薪がぱちぱちと弾ける。

「うんまあ、それはそのうち」

「さっきみたいな夢……前にも見たことがある。あれはあなたが見せたの？　あれはただの夢じゃなくて——」

ルーシャンは悪戯《いたずら》が成功した子供のように笑った。

「リオンの過去だね。僕に対するリオンの気持ちはラブなんかじゃないって、これでちゃんとわかった？」

「え……と、はあ……」

そうだ、確かにリオンの態度は家族への情愛にしか見えなかった。恋していたわけじゃなかったんだ——……。

そっか……。そっか。

なんだか嬉しい。でも、どうしてそんなことを自分にわからせたかったのだろう。

「じゃあ、リオンのこと、よろしく頼む」

リオンとは違う翠色の瞳に見つめられ、帆高はブランケットを握る指に力を入れた。

「な、なんで僕によろしくとか言うわけ？」

ルーシャンはこともなげに言い放つ。

「君がリオンを好きなことは知っている」

顔がかあっと熱くなり、ぼん、と音を立てて爆発しそうになった。

「す……すす、す……す………」

好き……？

「あはは、すすす、だって。初々《ういうい》しいなあ。ねえ、僕たちは皆、とても喜ばしく思っているんだよ。彼は役目を果たすことばかりに熱心で、全然自分自身のことには目を向けてくれなかったから」

待って。

帆高は焦る。どうしてルーシャンはこんなことを言い出すのだろう。

——あの人は僕のことなんか好きじゃないのに。

「別に好きとか、そんなんじゃないし。恩人だから気にかけてただけだし」

それが、『真実』。それなのにルーシャンは身内の恋人でも見るようなまなざしを向けるのをやめない。

「隠さなくてもいいだろう？　僕たちは祝福してるんだ。契約できて利を得たのはこちらの方なのに、リオンはホー・ホーに恩義を感じている。おまけに何代目だったかのご先祖様がしくじってキーツに呪われたせいで滅茶苦茶過保護になってしまった。思い出したように襲ってくる呪いのせいで結構な人数が殺されてしまったからね。――なんて色々わかるようになったのは幽霊になってからだったから、僕はあっさり殺されてしまったわけだけれど」

先刻まで真っ暗だったのにいつの間にか窓が見えるようになっていた。朝が来ようとしているのだろうか。

「リオンはずっと己の唯一を得ることなく生きてきた。でももういい加減、僕たちから解放されていい」

暁《あかつき》を告げる鳥の声が聞こえる。

恋を、ご主人様たちは許そうとしている。忠実な僕《しもべ》に。

何を勘違いしたのか、相手役に選ばれたのは帆高。でも帆高は、そういうあさましい感情をリオンに向けてはいけないのだ。

「僕はあなたが言うような意味でリオンを好きなわけじゃない」

帆高に許されるのは、神様に仕えるように清廉な心でリオンに全てを捧げることだけ。もし恋心を認めてしまったら、父と同じ。今までしてきたことすべてが下心満載の薄汚い行為と化す。

「それにあなたは知らないんだ。リオンがどんなに僕に冷たいのか……」

「あーあー、泣かないで。ごめんごめん、僕のせいでこじれちゃってるみたいだから少し手を貸そうと思ったんだけど……これはリオンの自業自得だなあ」

うつむいてしまった帆高の額に、ルーシャンが唇を押し当てる。

「さあ、目覚めようか。リオンが心配してるからね」

「リオンは僕のことなんか、心配したりしない……」

恋でなくても、リオンにとって大事なのはご主人様だけ。

「いいや。とても不器用でわかりにくいけど、そんなことない……て、ちょっと放してくれないかな、ホタカ」

なんとなく腕に添えていた手を剥がされそうになり、帆高はとっさにしっかりとルーシャンの袖を握り直した。

「やだ」

「え、ちょ、待……っ」

周囲の景色がすうっと暗くなってゆく。真っ暗になったのとほぼ同時に、帆高は己が目を閉じているのに気がついた。瞼を持ち上げると、見覚えのある薄曇りの空が瞳に映る。

「帆高!?」

いきなり視界にリオンの顔が現れて驚いた。傍にいてくれたのだろうか。心配してくれたのかもしれないと思うと、少し、嬉しい。

「誰だ、あんた」

「あ……」

数度瞬きあたりを見回すと、ずぶぬれの帆高を稔と隆也、それからリオンが囲んでいた。

そしてしっかり袖を掴まれたまま慌てふためいているルーシャンが。

事情を知らない稔と隆也は突然現れた見知らぬ人に戸惑っているが、リオンの目は食い入るようにルーシャンを見つめていた。

再会できて、嬉しいんだ……。

めでたしめでたし。そう思った時、リオンの腕が帆高の上を横切ってルーシャンのネクタイを掴んだ。

「え?」

「わあ!」

鉄拳がルーシャンの頬に炸裂《さくれつ》する。

「ふざけるな! 誰が助けてくれと言った! 俺の仕事はおまえを守ることで、おまえに守られることじゃない！」

「あーもーこーなるってわかってたから、会わなかったのにー」

「何だと!?」

「何これ」

つんつんと袖を引っ張られ、帆高は稔を見上げた。

「ルーシャンは、リオンのご主人様なんだ」

「ご主人様って、何それいかがわしい」

「百年くらい？　前にキーツに殺された幽霊なんだって」

「マジか!?」

稔の瞳がきらりときらめく。

ようやくリオンからネクタイを取り戻したルーシャンがその場にあぐらを掻いた。

「悪かった！　リオンを置いて逝ったことについては申し訳ないと心から思っている。だが、わかるだろう？　ホタカ」

いきなり名指しされ、帆高は人差し指で己を指さした。

「？」

「リオンは平気で自分の身を犠牲にしようとする。いくら簡単に死なないとはいえ、痛々しくて見ていられない」

「それはわかるかも。僕も今日何度もリオンが傷つけられるの見て、頭がおかしくなりそうだった。自分でもなんとかできそうだと思ったら、ご主人様と同じ轍《てつ》を踏んでたかもしれない」

ルーシャンを睨みつけていたリオンが振り返る。なんだろうと帆高は首を傾げた。いつもより少し見開かれた目は、愕然としているように見えた。

たくましい肩をルーシャンがぽんぽんと叩く。

「わかっただろう？　君は君をないがしろにすることで、守るべき者に危険を冒させているんだ。もっと自分を大事にしてくれないと」

リオンの唇がきつく引き結ばれる。その身を包むおどろおどろしい空気に稔と隆也が無言で後退りしたが、帆高の目には怒っているようには見えなかった。むしろ、落ちこんでいる……？

「――さて、恐怖の再会も果たしたことだ。現世に戻ろうじゃないか。ここはキーツが支配していた空間、いつ消えるかわからないし、せっかくの食材が傷む」

「――あ」

ルーシャンに言われ、帆高たちは鍋をするつもりで様々な食材を買いこんでいたことを思い出した。リオンだけが怪訝そうだ。

「さあ、目を瞑って」

皆がルーシャンの言葉に従って目を瞑る。すぐ横にいた隆也の姿がふっと消えるのが見え、帆高も慌てて目を閉じた。次いでリオンがいた場所の空気が揺らぎ気配が消える。稔もいなくなったと感じた瞬間、耳元で声が聞こえた。

「それからねえ、君。リオンが眠っている間に血を飲まされても気づかない間抜けだと、本当に思ってる？」

「……っ！」

反射的に目を開けようとした刹那、躯を包む空気の温度が変わった。じっとりと膚にまとわりつくようだった湿気が抜け、呼吸まで楽になる。

気がつくと、帆高たちはちょうどあの妙な世界に迷いこむ直前に歩いていた道端にいた。夕方だったのが夜になっていたが、崩壊した家のポーチに置き忘れていた荷物も足下に転がっている。

「戻れた……？」

「おおお、すごい経験しちまったー！」

はしゃいでいる稔と隆也をよそに帆高は心臓をばくばくさせていた。

リオンは血を飲まされていたことを知っていた……？

たしかに全然気づかないなんてことがありえるのだろうかと帆高も不思議に思っていた。唇に血の味が残っていたり、満腹感を覚えたりといった変化に、人ならば気づくはずだ。

そういうあたりも人とは違うのだろうかと適当に片づけていたのだが、本当は気づいていたのだろうか？　それなら帆高が感じ入っていたのも知っていた？

かーっと躯が熱くなる。

「鍋、どうするー？」

「色々あったけど腹減ったし、やる方向でいいんじゃねーの？」

「え、あの、やっぱり今日はやめよう！」

普通の食べ物でもあんなに厭がっていたのに帆高は血を飲ませたのだ。どうして何も言ってこなかったのかわからないが、今はリオンと顔を合わせるのが怖い。

急に及び腰になった帆高に、稔が不満そうな顔をする。

「なんで。俺まだリオンに謝ってないし、ご主人様とも話してみたいことが山ほどあるんだけど」

「ルーシャンだっけ？　あの人もやる気満々だったっぽい感じするし、買ってきた食材をどうする気だ？　それに日本刀の鞘がここにある。刀身だけ手元にあっても困るだろ、鞘だけでも届けに行かないと」

「う……」

帆高が言葉を詰まらせると、稔が勝手に拳を突き上げた。

「よし、じゃあ計画続行ー。帆高、荷物持って」

「おー！」

「おおお……」

オカルト体験に食欲を失うようなメンタルの持ち主はいないようだった。荷物を持ち直し、改めて歩き始める。目的地まではもうすぐだ。

帆高が断罪を待つ罪人の気分で幽霊屋敷の門をくぐると、稔と隆也がぽかんと口を開けた。

「え、ここ？　もしかしてあの人、幽霊屋敷の幽霊？」

「うん、まあ、多分……」

縁側から家の中に入って押入の跳ね上げ戸を開ける。ランタンが灯された部屋の中、ルーシャンがベッドに座っていた。リオンは床に座りこんで刀の手入れをしている。

目が合った瞬間、後ろめたさに帆高は思わず頭を引っこめそうになってしまったけれど、後ろに詰まっている二人が躊躇《ためら》う間を与えない。

「早く上がれよ」

「お邪魔しまーす！　すげえ、幽霊屋敷の中ってこんなんなってたのか！」

大荷物を持った三人が次々と上がってゆくと、リオンのいつも無表情な顔が引き攣った。

「何だそいつらは。何だその大荷物は！」

「あの、な、鍋をしようと思って。リオン、食べたことないよね？」

恐る恐る顔色を窺う帆高の前にさっと稔が割りこんだ。

「あの、テンパってて遅くなりましたが、昨日といい今日といい、助けてくださってありがとうございました！　あと、フォーク刺してすみませんでしたー！」

勢いよく土下座《どげざ》されたリオンが目に見えてたじろぐ。

「別に、そんなことどうでもいい……」

「あ、リオンさんは日本酒とワイン、どっちがいいですか？　ルーシャンさんは飲めます？」

酒の包みを開けた隆也が紙コップを差し出す。リオンが硬直しているのとは対照的に、ルーシャンは待ってましたとばかりに受け取った。膝の上で丸くなっていた黒猫がにゃあと不満げな鳴き声を上げる。

「日本酒に興味あるな。この国に到着してわりとすぐ殺されちゃったから、飲んだことないんだ」

「あーじゃあ、もっといろいろ買ってくればよかったなあ。試飲しましたけど、これ、けっこう飲みやすくっておいしいですよ。リオンさんは？」

一升瓶の封が切られ、紙コップに透明な液体が注がれる。ルーシャンと隆也に視線を送られたリオンが固まった。

「同じの、を……？」

隆也がサラミを紙皿に広げる。

「了解です。鍋の用意ができるまでこれをつまみに飲んでいてください。あ、あと鞘！」

「隆也、俺も日本酒ー」

早くも携帯用コンロに土鍋を乗せ、出し汁を注いでいた稔が催促した。

「……待て、誰がここで鍋をしていいと言った！」

刀を鞘に収めたリオンがようやく文句を言い出すが、ルーシャンに制されてしまう。

「いいじゃないか、皆がリオンのために準備してきてくれたんだ。それに僕は食べてみたい。鍋に限らずこの国でもっともっと色んなものを食べてみたかった」

――ルーシャンの人生はもう終わってしまっているのだ。

そう思ったらなんだか胸がつまってしまい、帆高はあらかじめ切った具材を詰めてきたタッパーを開けた。

鍋がぐつぐつと呟き始める。

日本酒を一本、ワインを一本。

途中で買ってきた酒では足りなくなり、隆也とルーシャンがコンビニに出かけ、さらにスパークリングワインやチューハイ、ビールに梅酒にウイスキーが追加された。

ルーシャンは色んな味わいを楽しんでいるようだった。リオンは稔に終始話しかけられ迷惑そうな顔をしていたが、日本刀譲渡《じょうと》の件になると少しだけ嬉しそうな顔を見せた。

そうだろうなと帆高は思う。リオンが先代にもらった日本刀はなまくらだったが、稔のは違った。先々代がくれたのと同じ、妖《あやかし》を斬る力を秘めている。おそらくわかる人が見れば相当の名刀だ。

カニやホタテがたっぷりはいった鍋は当然のことながら滋味《じみ》たっぷりだったし、締めに卵と共に投入したうどんもおいしかった。

冷凍されていたホールケーキもいい感じに解凍されており、あっという間に皆の胃袋の中に消える。

夜も遅かったがまだ解散する気にはなれなくて残った酒をちびちびと飲んでいたところでルーシャンがコップを置いた。

「この鍋って料理はいいねえ。あたたまるし、すごく美味《びみ》だ」

「他にもいろんなバージョンがあるんですよ。今日はあっさり白だし風味だったけど、豆乳味とか辛いチゲとか、締めもうどんだけじゃなくて白飯とかラーメンとか」

「そうなのかい？　食べてみたかったなあ」

「食べればいいじゃん。また鍋やろうぜ」

酔っぱらっていい気分で笑う稔に、ルーシャンも微笑み返す。

「そうだね。でも、せっかく立会人もいることだし、いい気分の時に終わりを迎えたいな」

苦しげな顔をしたリオンが俯く。

帆高も察して、コップを置いた。

ベッドに座っていたルーシャンがすぐ足下に片膝を立てて寄りかかっていたリオンに掌を差し出す。

「何だ」

「僕の一部を持っているね？　出して」

リオンが唇を噛む。それでも主に従順にポケットから取り出したのは、宝石で飾られた古いピルケースだった。開くと、本当に白く乾燥した小さな骨が出てくる。

唯一残ったルーシャンの小指の骨だ。

「契約を解除しよう、リオン」

ルーシャンの言葉に、リオンの顔色が変わった。

「厭だ」

稔や隆也、帆高は息を潜めて二人のやりとりを見守る。

「君はわかっていないようだけど、契約の文言を覚えているかい？　『ロード・ホーは、貴公の魂を預かる』。僕の下に魂があるから君は死ねない。そして僕も、現世に縛りつけられている。『いかなる時も貴公を保護』しなければならないから」

「……保護？」

何もしていないように思えるがと帆高は思う。リオンも同じらしい、首を傾げられてルーシャンはむっとした。

「君たちは山の中で胸を突いたリオンがベッドで目覚めたのはどうしてだと思ってたんだ？　この家が空き家のままずっと放置されているのだっておかしいと思わなかった？ ここは都内の高級住宅地なんだよ？　大変だったんだからね、色んな人の夢枕に立ってリオンが埋めた僕の財産を掘り起こさせ、隠し部屋を作らせたり土地を買い取ったりするのは！」

前言撤回。ルーシャンは大変な活躍をしていた。

「でも、僕はもう必要ない」

消えるつもりなんだろうか。

帆高は慌て、咳こむように口を挟んだ。

「待って、だめ。リオンの傍にいてあげて。置いていったら、リオンが可哀想だ」

リオンはこんなにもルーシャンを慕っているのに。

唯一の主を失いたくないのなら、ちゃんと説得をしないとと、帆高はリオンへ視線を向ける。だが、リオンは眉間に皺を刻んだだけで、何も言わない。ルーシャンが慈愛《じあい》に満ちた笑みを帆高に向け、あろうことかよしよしと頭を撫でる。

「さよならを言うにはいいタイミングだ。世界の成り立ちも人々の生き方も変わり、キーツも僕も無知蒙昧《むちもうまい》な時代の遺物《いぶつ》となり果てた。ホー家への忠誠など忘れて、これからは己の望むままに生きるといい。もう、僕がいなくなったからといって安易に命を絶ったりはしないだろう？」

どういう意味？

リオンは苦々しい顔をしている。ルーシャンが小さく笑って、持っていた骨を目の高さまで持ち上げた。

「これからも君がこんな風に人に囲まれて笑って日々を過ごせることを僕たちはみんな祈ってる」

リオンにとってこの人たちは子であり孫であり友であった。

この人にとってもリオンは大切な保護者で師で、大切な家族だったのに違いない。愛おしげな眼差しがリオンに注がれる。

「……幸せになりなさい。それからさよなら、リオン」

リオンが躯の向きを変え、片膝を突いた。

「我が主《マイロード》、あなたに精霊の祝福を」

「契約を、解除する」

摘む指に力が入ったと見えた刹那、骨が砕けた。

灰のように細かい粒子となって散ってゆく。同時にルーシャンの姿も塵のように消えていった。

もうリオンに主はいない。一人だ。

帆高はリオンの隣に席を移すと、空になっていたコップにウイスキーを注いだ。無言で突き出された稔や隆也のコップにも注ぎ足す。

「カニとかホタテとか、めいっぱい贅沢な鍋にしといてよかったよ。ご主人様、楽しんでくれたかな？」

自分のコップにも注いで氷を入れた。酔いのせいか手もとが狂って、いくつか氷が転がる。

稔と隆也の声のトーンがいつもより低い。

「最後だとわかってたら、別の日本酒も買ってきたのに、失敗したぜ」

「まあ、いいんじゃないか。梅酒にもスパークリングワインにも感動してたし」

ルーシャンのいたところには、酒で満たされたコップと、様々な具材が載せられた皿がお供えのように残っていた。リオンは崩れるように元の場所に腰を下ろしたきり、何も言わない。

どうするのが一番いいんだろう。話しかけて気を紛らわせる？　それとも逆に放っておく？

わからなかったから、帆高はリオンに寄り添って座り、片腕を抱いた。

リオンは帆高の手を振り払わなかった。

## 十三、再起動、十四日目

「ただいまー」

帰宅すると、母がキッチンから顔を出す。身に纏っている花柄のエプロンは帆高が母の日に送ったものだ。帆高たち一家は歪《いびつ》ではあるが一応家族らしい体裁《ていさい》を保っていた。

リオンに噛まれてから、父も母も帆高の前でだけちょっとおかしい。多分嘘をつくことをリオンによって禁じられているのだと思うのだけれど、何でもあけすけに口にする。

大きくなったら自分に手を出す気だったのかと聞いてみたら、父はあっさり昔から男の子に興味があったのだと明かした。隣で平然と聞いていた母に知っていたのかと聞くと、セックスが嫌いだからちょうどいいと思っていたと言われ、帆高は達観《たっかん》した。世の中にはいろんな人がいるのだと。

「おかえりなさい。早かったのね」

「うん」

「このところ毎日早いけれど、リオン様のところへは行っているの？」

母の問いに、階段を上ろうとしていた帆高の目が泳ぐ。

「差し入れが決まらなくて」

「なんなら私が用意しましょうか？　手作りでも、昼間の空いている時間帯に並んで買ってきてあげてもいいし」

帆高は曖昧な笑みを浮かべ誤魔化した。

「ありがとう。考えとく……」

階段を駆け上がり自室へと逃げこむと、鞄を足下に置いてコートを脱ぐ。そうしたらスマホがメッセージの着信を告げた。隆也からだ。

——次の鍋、いつにする？

帆高は床に座りこむと、ベッドに寄りかかってスマホを持った手をだらりと垂らした。返事をしないでいると、窓の外からおーいいるんだろうと隆也の声が聞こえてくる。帰宅したのを見てメッセージを飛ばしてきたらしい。さすがにこれで無視するのは感じが悪い。

——一週間しか経ってないのに、気が早すぎ、と……。

返信をうちながら、帆高は心中でごめんと隆也に謝った。

乗り気じゃない理由は別にある。ルーシャンが成仏《じょうぶつ》した日から、帆高は幽霊屋敷に行っていない。

なんで眠っている間にこっそり血を飲ませるなんてことを思いついて、実行してしまったんだろう！　しかもバレてないと思うなんて脳天気すぎる！

またスマホがメッセージの着信を告げる。

——でも、ご主人様が成仏して、リオンはきっと淋しい思いをしているぞ。恋敵がいなくなってアピールするチャンスだ、ここぞとばかりにラッシュをかけろよ。

帆高はスマホをベッドの上に投げ出すとすっくと立ち上がった。勢いよくカーテンを開き窓を開ける。思った通りそこにはスマホを手に、窓枠に肘をついてこちらを見上げる隆也の姿があった。

「恋敵って、何言ってんだよっ」

冷たく言い放つと、気の抜ける笑みが返ってくる。

「え、違ったか？　だって鍋やってる時の帆高、借りてきた猫みたいだったぞ？　リオンがご主人様かまうたび、淋しそーな顔してた。リオンを見る目がやけに艶っぽくて、稔とも、帆高の妙な色気の原因はこいつかーって言ってたんだ」

「ばっかじゃないの！　リオンは男なのに！」

「うんでも、あれだけ男前ならアリじゃないか？　俺でも視線引っ剥がすのが大変だった。人じゃないからあれだけ綺麗なのかな？」

人外の美貌って奴なのかなとうんうん一人で頷いている隆也を帆高は理解できない。

「綺麗だけど！　……やめてよ。リオンだってきっとこんな話聞いたら、気持ち悪く思うよ……」

「えー、そうかあ？　あっちも満更でもないように見えたけどなあ」

どくんと心臓が跳ねる。

「……どこが？」

「だって、川に引きずりこまれた帆高を助けたの、リオンだぜ？　蒼褪めた顔でずっとつき添っていたし、帆高の目が覚めるまで俺たちの声も耳に入らないみたいだった」

期待なんか、しては、駄目。

帆高はきつく唇を引き結んだ。

そんなことがあるはずない。リオンは帆高に笑顔一つ見せてくれたことがない。幽霊屋敷を訪ねるたびに投げつけられたのは、帰れと言う言葉だ。

でも、もし、本当だったら？　前に言っていた通り、人ではない己に拘ることによって帆高が人の世から浮いてはいけないという配慮からだったら——？

帆高はその場にしゃがみこんだ。窓枠に両手の先をひっかけて、壁に額を押しつける。

顔が熱い。心臓が壊れてしまうのではないかと心配になるほど激しく脈打っている。

「帆高ー？　どした、大丈夫かー？」

「だ、だいじょうぶ……」

ずっとリオンは特別な存在だった。

自分なんかが不埒な想いを向けて穢してはならないと思っていたのに。

「帆高は深く考えないで当たって砕けろって」

無責任な言葉に追撃され、帆高は再び窓から顔を出した。中指を立てて拳を突き出して見せてから窓を閉める。

「うう……攻略本があればいいのに」

確実に好感度があがる選択肢が載っている攻略本。そんなのがあれば熟読するのにと思いつつ壁に寄りかかって動揺を鎮めようとしていると、にいと細い声が聞こえた。

「え……」

部屋を横切って近づいてくる黒猫の姿を認め、帆高は驚く。

「あれ？　もしかして、リオンの猫ちゃん？　どうしてここにいるんだ……？」

黒猫は帆高の前まで来ると、向かい合ってお座りした。尻尾がゆらゆら揺れている。この猫が手の届く距離まで近づいてきてくれたのは初めてだ。

様々な疑問を脇に押しのけ、そろそろと手を伸ばす。まず鼻先に指先を近づけて匂いを嗅がせ、念願の艶やかな毛並みを堪能《たんのう》しようとして、帆高は驚いた。手が黒猫の躯を擦り抜けてしまったのだ。

この黒猫も、普通の猫ではなかったのだろうか。擦り抜けてしまうということは、幽霊だった？

「もしかして、おまえ、キーツに殺された猫……？」

リオンが可愛がっていた猫を殺したとキーツは言っていた。

なあんと黒猫が肯定するような鳴き声を上げる。

「そっか……おまえもリオンが大好きだったんだな……」

死んでもなお傍にいたいと思うほどにリオンは愛されていた。そしてリオンもこの猫を可愛がっていた。何度も幽霊屋敷で見た、優しく頭を撫でてやる手つきを思い出すだけで胸を衝かれる想いがする。

なあんともう一度鳴いた猫が立ち上がり、とことこと歩き出す。数歩先で立ち止まって振り返った黒猫にもう一度鳴かれて、帆高はようやくついてこいと言われているのだと理解した。

スマホだけポケットに入れて、後を追う。

部屋を出てすぐ変だと気がつく。もう夕方だったはずなのに、やけに明るい。階段を通り過ぎた廊下の突き当たり、ベランダに出られる掃き出し窓から真夏のような陽光がさんさんと降り注いでいる。

黒猫は迷いなく窓の前まで行くと、ちょんと肉球を押しつけて帆高を振り返った。開けてくれというアピールに従い窓を開けると、強い風が吹きこんできて髪が乱れる。

「ここは——」

緑の匂いがした。陽射しは強いが気温はそう高くないのは、標高が高いからだろうか。キーツに迷いこまされた場所から見えていたのとよく似た山脈が白い峰を連ねているのが間近に見える。

黒猫は木々に抱かれるように立つこぢんまりとした小屋へと走ってゆく。生い茂った雑草の中から突き出した黒い尻尾の先を目で追い、帆高は歩き出した。

キーツは消滅した。それならここに帆高を招いたのは誰だろう？

先に到着した黒猫はポーチに駆け上り、カリカリと扉を引っかいている。一応ノックをしてから扉を開けると、黒猫は一直線に窓辺に駆け寄り、椅子に座って外を眺めていた男の膝に飛び乗った。撫でてくれと言わんばかりに頭を擦りつけてくる黒猫を、大きな掌が愛おしげに愛撫する。

帆高は後ろ手に扉を閉めた。

「リオン？　ここは、どこ？」

薄い青の瞳が帆高を映す。

「俺の生まれた家だ」

リオンが生まれ、育ち、最後に家畜を解き放って出奔《しゅっぽん》した家？

天井からぶら下げられた香草の束やニンニクの袋が物珍しく、帆高はきょろきょろしてしまう。

「僕をここに呼んだ理由は？」

前肢を取られた黒猫の爪がにゅっと伸びた。

「……なぜ部屋に来ない」

帆高は混乱する。なんでそんなことを聞くんだろう。

「ええっとー……？　あ、ごめん。おなか減った？　明日からちゃんと持ってくよ。家に戻してくれれば、お母さんが夕食の支度をしていたからすぐ何か――」

リオンが席を立った。床へと飛び降りざるをえなかった黒猫が抗議するように膨らむ。近づいてくるリオンの迫力に押され思わず後退ってしまったものの、避難できるような場所などない。あわあわしているうちに壁際に追いつめられ、壁に突いた両腕で囲いこまれた。

「ひえ……っ!?」

成長したとはいえ、帆高はリオンより頭一つ分も小さい。詰め寄られると圧迫感に竦んでしまう。

「脅威が去ったら、俺は不要か」

「え……？　何、言ってんの……？　リオン、来るなって僕に散々言っていたよね……？」

それなのに、どうしてそういうことを言うのだろう。リオンの言葉はまるで会いに来ない帆高に拗ねているようだ。

リオンの唇が引き結ばれる。

怒っているように見えるがそうではない。これは困っている。その証拠に視線が合わない。

「その……俺は、人ではない」

「うん……？」

「……ホー家に仕えるようになってから、俺は主の身の安全と安寧だけに心を砕いてきた。だが、ホー家は滅びた」

切なげに目が伏せられる。帆高はルーシャンに見せられた夢を思い出した。リオンはホー家の当主と単なる主従以上の関係で結ばれ、慈《いつく》しみ合いながら、何百年も生きてきたのだ。

「目覚めた時には大分時代が移り変わっていたが、所詮馴染みのない外国だ。外に出ていく気にもならなかったし、心残りもない。終わりにしようと思っていたところにおまえが現れた。正直、困った」

高いところにあるリオンの顔を見上げるのにくたびれてしまい、帆高は目の前にある肩にもたれかかる。

「迷惑だったってこと？」

「……そうだな。賑やかでいつも生き生きしていて可愛くて、……惑わされそうだと思った」

帆高は首を傾げる。一体何に惑わされそうになったというのだろう。

死から生へと目を向けさせられたとか、そういうことならいいと思いつつ、帆高はぐりぐりとリオンの肩口に懐く。

「そのうち、だんだんと血が欲しくなってしまって――」

「え!?」

帆高はびっくりして顔を上げた。食事でさえあんなにいらないいらない言っていたのに、リオンは血を欲していたのだろうか?

「ヴァンパイアは血を吸うことで仲間を増す。だからだろう、好ましいと思えば思うほど、飲みたくてたまらなくなるんだ。俺の食欲が容易く暴走するのは知っているだろう? 危険なのにどんなに冷たくあたっても、おまえは来るのをやめない。挙げ句の果てに、眠っている俺に血を飲ませたな?」

帆高は青くなって下を向いた。やはり、リオンは知っていたのだ!

冷や汗が浮いてくる。でも、来るなと冷たくあしらったのは、嫌いだからではなく帆高を守るためだったらしい。おまけにリオンは逆に帆高を好ましく思っていた、なんて……。

頭が真っ白になってしまって、うまくものが考えられない。

「ご……ごめんなさい……」

「おまえが帰った後も部屋には甘い匂いが残っていて、たまらない思いをさせられた。何度追いかけていって俺のものにしてしまいたいと思ったことか……」

熱っぽい吐息を耳元に吹きかけられ、帆高は腰が抜けそうになってしまった。

甘い匂いって何だろう？

それに、俺のものにしてしまいたいって、まさか、そういう意味……？

「摂理《せつり》から外れた俺が、健全な人の営みの中に生きているものと関わってもろくなことにならない。そう思ってずっと自制してきたが――」

愕然とする帆高の額に額がすりりと擦り合わされる。

「もう、俺に会いに来ない気か？」

言外に来て欲しいとねだられ、帆高は唇をわななかせた。

この人が助けてくれたおかげで帆高の前には新しい世界が開けた。

親の顔色を窺って生きてきた帆高にとってこの人の揺るぎない立ち姿は憧れだった。

――ずっとこの人が好きだった。

でも帆高は禁忌《きんき》を犯したから。そんな気持ちを抱いてはいけないのだと思っていたのに。

この人もまた自分に欲を抱いてくれていたなんて。

「嫌われてるんだと思ってた……血を飲ませたことについても、怒られるに決まってるって」

「怒るに決まってる。一歩間違えればおまえは俺の同族になっていたかもしれないんだぞ」

リオンが扉に突くのを掌ではなく肘に変え、更に距離が近くなる。

片腕が帆高の腰に回された。鼻先が触れそうな距離にも、腰の後ろに触れているリオンの腕の感触にもどきどきしてしまう。

「それって怒られるようなこと、かな……？」

「俺のようなものはいないに越したことがないんだ」

苦々しい言い方が胸に刺さる。夢で見た一場面が胸の内に再生された。

寒々しい山の中、リオンは悲惨な運命から逃れようと足掻いていた。あの時の孤独と絶望が、リオンには忘れられないのかもしれない。

でも、いい。

「でも、僕はリオンと一緒にいられるなら、人でなくなってもいいと思ってるよ」

一瞬、リオンが顔を歪ませた。ばか、とごく小さな声で吐き捨て、帆高の手を取る。

いつも帆高が噛ませていた場所、親指のつけ根の膨らみにキスされ、ずくりと下半身が疼いた。

「……そういえばリオンは首じゃなくて手首から血を飲んでいたよね。首を使ったのって、父を噛んだ時くらいじゃない？　ゴシック映画では首のことが多いから、不思議な感じだった」

やけに喉が渇いて、帆高はこくりと唾を飲みこむ。

「首を噛むのは極力避けてきた」

そういうリオンの目が首筋を舐めるのを感じた。

「そうなの？」

「頸動脈《けいどうみゃく》に牙を突き立てれば吸わずとも血が溢れてくるし体勢的にも抵抗を封じやすいが、いろんな問題があるからな」

ごつ、とリオンの額が帆高の背後の扉にぶつかる。耳元にリオンの息づかいを感じた。

「問題って？」

返事をする代わりに、リオンは両腕で帆高を掻き抱き首筋に顔を埋める。

「どうだ？」

帆高は動揺した。

かすかだったリオンの匂いが強くなる。リオンの体温にすっぽりと包みこまれると、五感のすべてをリオンで埋め尽くされるような気さえした。

「どうって……ドキドキする……」

「噛むぞ」

鋭い牙が一気に肉の中に沈みこんでくる。

その刹那、勝手に下肢がわなないた。

手を噛まれた時の比ではない。リオンとの距離がゼロになる。心臓の音さえ聞き取れそうだ。

服越しにリオンの肉体をまざまざと感じた。脊髄《せきずい》に直接媚薬を流しこまれたかのように、理性が蕩け流れてゆく――。

「あ……あ……っ」

これは、まずい。これは、駄目だ。

衣擦《きぬず》れの音にのろのろと目を遣ると、リオンの牙が抜かれていた。冷たく光る薄い青の瞳が帆高を映している。

「どうだった？」

「……と……ときめきすぎて、死にそう……」

息も絶え絶えに帆高は喘ぐ。しっかりと反応してしまった股間のモノを隠すように、すりりと内腿を擦り合わせると、気のせいだろうか、リオンが口端が僅かに吊り上がった。

傷口からなおも溢れる血を舐めとられ、全身が甘く痺れる気さえする。

「そうだろう？　契約に従い血を供給してくれる主に毎回めろめろになられては困る」

「そ……そ、か……」

「だが、これからおまえから血をもらう時は首を噛むことにする」

「……え」

足の間、硬くなったものを片手で掴まれて帆高は硬直した。背中が扉にぶつかってがたりと無粋な音を立てる。

「俺のものになれ、ホタカ」

リオンが自分の名前を呼ぶのを初めて耳にしたと、帆高は霞《かすみ》がかかったような頭で思った。かあっと熱くなった脳が、囁くような声で命じられた言葉が何を意味するのか理解するのを拒否してる。

これはきっと夢だ。キーツが見せたのともルーシャンが見せたのとも違う、帆高に都合のいい夢。

目覚めなければと帆高は思う。でも、夢から醒める兆候は微塵《みじん》もない。リオンの双眸は強い光を放ち帆高の返事を待っている。

大きく目を見開いたまま凍りついていると焦れたのか、掌に捕らえられた帆高自身を揉みしだかれてしまい裏返った悲鳴が上がった。

「ひゃ……っ」

逃れようと身をよじり、がたがたと扉を鳴らす帆高の躯をリオンが抱き寄せる。

「帆高。返事は?」

ぎゅっと強く握られ、帆高はリオンの肩に爪を立てて震えた。

イってしまいそうだった。

――僕はとっくにもう、リオンのものなのに……。

「な、何で、急に……?」

身を屈めたリオンの唇が唇を塞ぐ。

軽く押し当てられていたリオンの唇が浮き、舌がするりと唇を舐めた。

「口を開けろ」

「待っ……っ」

制止するために開いた唇の隙間に熱く濡れたものがもぐりこんでくる。いつのまにか後頭部に回っていた掌がしっかりと帆高の頭を固定し、逃げを許さない。深く浅く、ぬるぬると口の中を舐め回される感覚に、膚が粟立った。

ちゅっと音を立てて唇が離れると、今度は鼻先が擦り合わされる。

「おまえが来なくなってわかった。おまえの顔を見られないと、俺は駄目だ」

もう一度キスされてしまい、帆高はその場にへなへなと座りこんだ。真っ赤になった顔を両手で覆いだんごむしのようにうずくまる帆高を、しゃがみこんだリオンが覗きこむ。

「……厭だったか?」

帆高は勢いよく首を振った。

「そっ、そんなことない……っ。そんなことない、けど、何か胸がいっぱいになっちゃって……」

「……そうか。ならよかった」

　おや？

　帆高は両手の隙間からリオンを覗き見る。リオンの声音は相変わらずぶっきらぼうだったが、ほっとしたような響きが混じっているような気がした。

　もしかして、帆高に拒否されるのではないかと心配していたのだろうか。こんなにも綺麗な男が？

　そろそろと湯気が出そうなくらい熱くなった顔を覆っていた手を退き、帆高はリオンの肩に両手をかけた。

「あの……僕も、好き。リオンが、好きです」

　ようやく言えた。

　何とも言えない充実感がじわじわと帆高の胸に満ちてくる。

　膝を突いて身を乗り出し、ちゅっとリオンにくちづけたら、いつも冷ややかな光を湛えている双眸がどこか甘やかに細められた。

　ひょいと躯が抱き上げられる。リオンは粗末な寝台に座ると、己の足を跨がせ帆高を抱きしめた。ぴったりと密着させられた下半身に帆高は動揺する。

　お互いの屹立が当たってる。

　リオンのものが猛々しく滾っているのに気がついてしまった衝撃に、帆高はかちんこちんにかたまった。

「あ……っ」

びっくりして腰を浮かせかけるものの、即座にリオンに引き戻されてしまう。

わざとだ。わざと当てている。

淫猥に腰が揺れ、下腹部が擦り合わされた。

さっき、噛まれて興奮しているせいだろうか、ただ擦り合わせているだけなのに硬く張りつめてしまう。物足りない刺激にいけないと思いつつも、帆高はぎこちなく腰を揺らした。

もっと。

もっと強い刺激が欲しい。

はふ、と喘ぐ帆高にリオンがまたキスする。リオンが口の中を舐め回しながらジーンズの前を緩めたのに気がつき、帆高もバックルに手をかけた。ジッパーを下げると圧迫感が消えてほっとする。

リオンの手が背骨のくぼみにそって帆高の背中を滑り降り、カーゴパンツの中へと侵入した。無垢な蕾を指で探られ、帆高は思わず躯をよじる。

「あ……っ、やだ、リオン……っ、怖い、よ……っ」

なんとかキスをほどいて抗議すると、くつくつという振動が膚を通して伝わってきて、帆高は目を瞠った。リオンが、笑ってる……？

カーゴパンツの中で下着をぐっと下ろし、リオンが一旦手を抜く。

「な……なに……？」

傍の棚に置いてあった瓶を取り蓋を開けると、帆高の後ろで傾けた。

「心配はいらない。ただの油だ」

冷たい。

思わず身を竦めた帆高の尻の狭間へととろりとした液体が流れてゆく。

「服が濡れちゃう……」

「ああ」

再び抱きこまれ、指で後ろを探られる。力を抜け、と命じられるが、怖いものは怖い。

いつ突っこまれるかわからずびくびくしていると、リオンがふっと笑った。

「仕方がないな」

──止めてくれるのだろうか？

そう、期待した帆高の首筋にひんやりと冷たいものが触れた。

「……あっ!?」

リオンの牙だ。

先刻の快楽を思い出してしまった躯が竦む。またあんなことをされたら、とんでもないことになってしまう。でも、抱き竦められていては逃れることなどできない。

牙を浅く突き立てられてしまう。

「や、だ。や……！」

凄まじい快感に、帆高は反り返った。骨張った男の指がずぶりと突き入れられる。帆高は硬直した。自分でも触ったことのない内臓を無遠慮に探られる、帆高は泣きそうになってしまった。

怖い。

でも、気持ちいい。

吸血の効果は絶大だった。

リオンの指が触れる場所すべてが熱を孕み、とろとろに蕩けてゆく。

「あ……あ……」

いつの間にかふるふる震える屹立の先から蜜が溢れていた。先刻のオイルと相まって下着もカーゴパンツもぐしょぐしょだが、冷たいとは感じない。むしろどこもかしこも熱く火照ってる。

リオンにされること全部が気持ちよかった。

指の腹でぐっと中を押されると腰が勝手に跳ねて、我ながら恥ずかしいくらい高い声が出てしまう。

感極まった目は潤み、ほろほろと涙を溢れさせた。

「や……、あ……っ、リオ……っ、気持ち、いい、よ……っ」

強引に暴かれる悦びに、下腹がひくついた。

もう、イきたい。

帆高はこくりと喉を鳴らし、己とリオンの間で揺れている屹立を見下ろす。

気持ちいいけれど、後ろの刺激だけではイけそうにない。自分のだけ扱くのも変な気がして両手で二本まとめて包みこむ。

「リオンの……すごい……」

セックスなんて興味ないといわんばかりの涼しい顔をしているリオンのソレはひどく熱い上、硬く反り返っていた。

帆高は恥ずかしいくらい溢れていた蜜で掌を濡らし、二本一緒に愛撫し始める。

「ん……」

気持ちいい。

前も、リオンにいじられている後ろも。

「は、ふ……っ」

でももっと気持ちよくなりたくて、帆高はぎこちなく腰を揺らした。

リオンが見ているのは頭の片隅で理解していた。己がものすごく淫らな姿をリオンの目にさらしているということも。でも、頭の中に桃色の靄がかかっているかのように、理性が働かない。

「ん、ん……リオ、ね、もすこしまえのほう、押して……」

挙げ句にはしたないおねだりまでしてしまう。

リクエスト通りにイイ場所を潰され、帆高は唇をわななかせた。

「ん……ん、イ、く……っ！」

熱い奔流が躯の奥底からせり上がってくる。

きゅっと眉根を寄せ、小さく口を開けたまま、帆高は絶頂を迎えた。噴き出した白が、リオンの黒いＴシャツに降り注ぐ。

「あ……りおんのしゃつ……よごれちゃう……」

リオンの胸元に頭を擦りつけながら、辿々しい声音で呟くと、尻にはまっていた指がずぷんと抜かれた。

「あ、う……っ」

それにも感じてしまい、弱々しい声を漏らすと、前を開けただけだったカーゴパンツが太腿まで引き下ろされる。

——カーゴパンツだけじゃない、下着もだ……。

体液とオイルで濡れた足のつけ根がすうすうする。

太腿のつけ根に手を添えられ、ぐいと躯を持ち上げられた。蕾に猛々しい楔《くさび》を突き立てられ、帆高は目を見開く。

うそ。

ふわふわとしていた意識が覚醒する。

「ふ……っ」

短く息を吐くと、リオンは帆高を下から貫いた。

雄がずぶずぶと入ってくるのを感じる。

指とは比べものにならない圧迫感に、帆高はもがいた。

――こんなおっきいの、ぜんぶいれるなんて、むり。

リオンの肩に爪を立て、足を突っ張る。だが、リオンの両腕が帆高を抱き竦め、引きずりおろした。

「ひ、う……っ、死んじゃう……っ」

太いモノが狭い肉の狭間をみちみちとこじ開けてゆく。

その時、リオンの牙が更に深く肉の奥まで突き立てられた。

「ああ……っ！」

それだけで帆高はどうしようもなくなってしまった。

充血した内壁を硬くて熱いモノに擦り上げられる苦しささえ快楽に変換される。相反する感覚に責め立てられ、帆高の赤く染まった目元から、ぽろぽろと涙がこぼれ落ちた。

根本まで強引に飲みこませると、リオンは動きを止めた。噛むのを止めて、ぐすぐすと泣いている帆高の涙を唇で吸い取ってくれる。

「い……いたく、するなんて、ひどい……っ」

「おまえは本当に……可愛いな……」

帆高はきっとリオンを睨みつけた。

でも、優しくキスされただけで帆高の怒りは綿菓子のように溶けて消えてしまう。

だって、嬉しい。

帆高を抱いているのはリオンだ。子供の頃から八年間、ずっとこの人だけを見てきた。好きで好きでたまらなかったけれど、決して手に入らないだろうと諦めていた男が欲望を帆高に向け、今も目を細めて自分を見つめてくれている。

隙間なく抱きしめ合って落ち着くのを待つ。着たままの服が汗に湿り、膚に張りつくのが気持ち悪い。

時と共に初めてを散らされた衝撃と痛みは収まってきたものの、代わりに桃色の霞が戻ってきて、帆高の理性を浸食し始めた。

——だって、熱い。

自分の中に、勃起したリオンのペニスが収まっているのだと思うとドキドキする。あん

なに苦しい思いをさせられたのに、帆高の前は芯を持ち始めていた。

じっとしているのがなんだかつらい。

だがリオンは帆高を抱きしめて時折キスしてくれるだけ、動き始める様子はない。

――うごいてほしい、かも。

だんだん中がじんじんしてきた。

こんなに大きなモノを抜き差しされたら痛いかもしれないと思うと怖いが、なんだかもう、耐えられない。

「りおん……」

勇気を振り絞って切り出してみる。

「ん？」

「あの、もうへいき、だから」

「そうか」

今度はこめかみにキスされる。掌がするりとシャツの下に忍んできて、直接腰を撫でた。動いてくれる気配はない。これ以上言うのは恥ずかしい。恥ずかしいけれどやっぱり我慢できず、帆高はおずおずとおねだりした。

「だからあの……うごいて……？」

両手で汗ばんだリオンの胸を押すと、密着していた躯の間に隙間が生まれる。上目遣いに顔色を窺えば、リオンの口端が上がった。

　ざわりと膚が粟立つ。

なんだか言ってはいけないことを言ってしまったような気がした。

「……っ！」

大きく力強い手で尻を掴まれ、息を呑む。とっさにリオンに抱きついた刹那、下から突き上げられて帆高は声にならない悲鳴を上げた。

深い。

奥までリオンの切っ先が届いた気がした、それから弾んだ躯がふわりと浮いたような錯覚に襲われる。

「や、あ……っ」

　止まりかけていた涙がまたぽろぽろとこぼれた。

　こんなの、きもちよすぎて、死んじゃう。

「ああ……っ、だめ、リオ……っ、こんな、だめ……っ」

必死に縋りつき、夢中で首を振っていると、肩口にリオンの顔が伏せられた。次の瞬間、帆高は仰け反る。

　またリオンが噛んだのだ。

　達したばかりなのに、もう一度達してしまう。

噛まれながら味わう絶頂は凄まじく、帆高はただ喘いだ。

しかもリオンの腰の動きは止まっていない。イっているのにまた高みへと追い上げられる。強烈な喜悦に断続的に襲われ、もう為す術がない。

「ああ……っ、はあん……っ。リオン、おねがい。もうむり……もう、ゆるして……っ」

揺すぶられながら息も絶え絶えに懇願《こんがん》すると、ようやくリオンが牙を抜いてくれた。

「あ……」

血のにおいのするキスをされる。

尻に茂みが押しつけられ、うんと深くまでリオンが突き入れられたのがわかった。

舌を絡ませながら、男の躯がぶるりと震える。

「——あ、中に、出てる……」

ちゃんと最後までできた。帆高の躯で、リオンも上り詰めてくれた。

全部が奇跡のように思えた。

リオンがこの家で生まれたのは何百年も昔。リオンがヴァンパイアに襲われなければ出会うことさえできなかった。リオンがいなければ帆高のこれまでの道のりもまるで違うものになっただろう。

このルートも化け物に狙われたり血を吸われたりと、平穏とはほど遠かったけれど、リオンと出会えてよかった。帆高は心からそう思っている。

「大丈夫か？　どこか痛いところがあるか？」

涙に濡れた目を向けると、リオンは真剣な表情をしていた。ずっとリオンの真顔は綺麗すぎて怖くて、正視できずにいたのに、なぜかこの時は可愛く感じられた。帆高は泣いたせいで赤くなった目元を緩める。

「ううん、平気。……すごくきもちよかった……」

「そうか」

満足げに目を細めたリオンが頭のてっぺんにキスしてくれた。

なんて幸福なのだろう。

粗末なシーツの上に寝かされ、帆高はくったりと躯を伸ばす。姿勢を変えたら後ろからとろとろと白いものが出てきてしまったけれど、リオンが拭いてくれた。軽く汗まで拭ってくれてからリオンがベッドに腰を下ろすと、帆高は手を引っ張る。ようやく想いが通じたのだから、もう少しゆっくり話をしたかったのだ。

「ホーの家に仕えていた時はご主人様から血をもらっていたんだっけ」

片肘を突いてベッドに横たわったリオンは汚れてしまったシャツを脱ぎ、上半身裸だ。綺麗に筋肉のついた胸元に帆高は猫のように擦り寄った。

「ああ」

「これからは僕があげる。だから他の人を噛んだりしたら駄目」

「……ああ」

「もう死ぬ気はないね？」

顎を引き、上目遣いに威嚇すると、リオンはちゃんと頷いてくれた。

「ああ。……おまえが生きているうちは、死なない」

——そうか、僕たちは生きている時間が違うんだ。

急に胸に突き上げてくるものを感じ眉根を寄せると、リオンが親指で皺を引っ張って伸ばした。

「そんな顔をするな。言っただろう？　俺は十分長く生きた。もしおまえが死んだなら、同じ棺に入って眠ろうと思っている。主との契約が切れた今、血を飲まずにいれば死ねるはずだからな」

白い繻子《しゅす》の内張りがされた棺の中、永遠にリオンと一緒に眠る——？

帆高はうっとりとしてしまった。なんて甘美な終わり方なのだろう……！

でも、それはもっと先、遠い未来の話だ。

「ホーの家に仕えていた時、普通のご飯はどれくらい食べていた？」

リオンは口ごもった。

「……普通に、三食……」

「やっぱり！　がっついてたのは普通のご飯も必要だったからってことだよね？　僕、思うんだけど、これからリオンも普通の人間らしい生活をしてみたらどうかな」

「普通の人間らしい生活……？　俺がか……？」

「そう！　日本は戸籍とかきっちりしているけれど、外国にはそんなものない国だっていっぱいあるんだ。まあその分、治安が悪かったりするけれど、僕たちにはそんなの関係ないよね」

キーツとやり合った時、血《エナジィ》を補給するついでにリオンは帆高に人外の力を与えた。あれは一時的なものだったようだけれど、おそらくリオンは眷属になら自在に己と同じ力を分け与えられる。

――今はその気はないけれど、帆高もキーツと同じ存在になって、永遠を共に過ごすという選択肢もあるのだ。

「一緒にいろんなものを見て、おいしいものを食べて、旅しよう？　居心地のいい場所を見つけたら素敵な家を借りて暮らすんだ。海辺のコテージとか郊外の農家とか。僕以外の人を噛まなければきっとヴァンパイアだなんてバレない。僕は翻訳とか日本人を対象にした旅行ガイドとかして、リオンはそうだなー、モデルとかしたら仕事が殺到しそう。でも肉体労働系でもバーテンでも何でも似合いそうだよね……」

ふふ、と帆高は笑う。

ルーシャンの言っていた通り、時代は変わった。キーツという脅威は斃《たお》れ、リオンが仕えるべき主も、恐れねばならない迷信深い民衆もいない。

リオンは、自由だ。

ずっと幽霊屋敷に閉じこもって生きてきたリオンに、帆高はうきうきするような毎日をあげたかった。

隆也や留学経験のある稔も力になってくれるに違いない。本当のパパとママが生きていたらとてもこんな思い切ったことはできなかっただろうけれど、現在の両親に気兼ねはいらない。準備期間はまだまだある。大学を卒業するまでに下調べを終わらせ、準備を進めればいい。昔だったら無理だっただろうけれど、今はお日様の下に出ないでもできる仕事がいくらでもある。

「普通の生活か……」

リオンがどこか感慨深げに呟く。

「そう。それで僕たちはしあわせになって、めでたしめでたしで終わる人生を送るんだ」

今まで頑張ってきたリオンにはその権利がある。

帆高は伸び上がってちゅっとリオンにキスした。

窓辺では黒猫がごろごろと喉を鳴らしている。

## ■あとがき■

こんにちは。成瀬かのです。

このたびは「死にたがりの吸血鬼《ヴァンパイア》」を手に取ってくださってありがとうございます！

ゾンビ映画とかキングの小説が好きです。スプラッタなシーンを書くのは血沸き肉踊ります。ホラーでもＯＫと言われた時は小躍りしました。――とはいえＢＬなので、ライトな(?)吸血鬼のお話に纏めてみました。こういう、あんまり怖くないわちゃわちゃっとしたホラーは読むのも書くのも好きです。

本編が終わった後、この二人は計画通り日本を脱出し、人生を満喫します。一定期間ごとに引っ越しを繰り返しつつ、孤児を引き取って育てたりしそう。二人とも子煩悩で、最後まで賑やかに過ごしそうな気がします。黒猫もずっとついてきます！

今回の挿絵は街子マドカ先生に描いていただきました。可愛らしくて華やかな絵柄に前々から憧れていたので、お願いできて嬉しいです！

そして編集様、いつもありがとうございます。改稿指示をいただくたびに目から鱗というか、自分の目の節穴っぷりに震えます。今回は初稿から大改造しましたが、ラヴ度が上がってBLらしくなったのではないでしょうか。

なかなか直接かかわり合うことのない関係者各位にも感謝を。そして何よりこの本を買ってくださった皆々様、ありがとうございました！

また次の本でお逢いできることを祈りつつ。

成瀬かの

初出
「死にたがりの吸血鬼」書き下ろし

CHOCOLAT
BUNKO

この本を読んでのご意見、ご感想をお寄せ下さい。
作者への手紙もお待ちしております。

あて先
〒171-0014 東京都豊島区池袋2−41−6 第一シャンボールビル 7階
(株)心交社　ショコラ編集部

# 死にたがりの吸血鬼《ヴァンパイア》

2017年5月20日　第1刷



著　者:成瀬かの
発行者:林 高弘
発行所:株式会社　心交社
〒171-0014 東京都豊島区池袋2−41−6
第一シャンボールビル 7階
(編集)03-3980-6337 (営業)03-3959-6169
http://www.chocolat_novels.com/
印刷所:図書印刷 株式会社

CHOCOLAT BUNKO

# 好評発売中！

## 残念な情熱

**一体どうしたらおまえは私を好きになってくれるんだ？**

黒橡流の家元の息子でありながら箏を捨て会社員になった葵竜は、従叔父の太獅に連れ戻され演奏会に出るよう命じられる。だが葵竜が家を出たのは、そもそも太獅のためだった。幼い頃は優しかった「太獅兄」が突然冷たくなったのは、家元の座を渡したくないからだと気づいてしまったのだ。太獅の特訓を受けつつ逃げ出す機会を窺っていた葵竜だが、ある夜から、誰かに躯を弄ばれる淫夢を見るようになり……。

成瀬かの
イラスト・雨澄ノカ